AF178727

Tucholsky Wagner Zola Scott Sydow Freud Schlegel
Turgenev Wallace Fonatne

Twain Walther von der Vogelweide Fouqué Friedrich II. von Preußen
Weber Freiligrath Frey

Fechner Fichte Weiße Rose von Fallersleben Kant Ernst Frommel
Richthofen

Engels Fielding Hölderlin
Fehrs Faber Flaubert Eichendorff Tacitus Dumas

Feuerbach Maximilian I. von Habsburg Fock Eliasberg Zweig Ebner Eschenbach
Ewald Eliot Vergil

Goethe Elisabeth von Österreich London
Mendelssohn Balzac Shakespeare Dostojewski Ganghofer
Trackl Lichtenberg Rathenau Doyle Gjellerup
Stevenson Hambruch
Mommsen Tolstoi Lenz Hanrieder Droste-Hülshoff
Thoma von Arnim Hägele
Dach Verne Hauff Humboldt
Karrillon Reuter Rousseau Hagen Hauptmann Gautier
Garschin

Damaschke Defoe Hebbel Baudelaire
Descartes Hegel Kussmaul Herder
Wolfram von Eschenbach Dickens Schopenhauer Rilke George
Bronner Darwin Melville Grimm Jerome Bebel Proust
Campe Horváth Aristoteles Federer
Bismarck Vigny Barlach Voltaire Herodot
Gengenbach Heine

Storm Casanova Tersteegen Gilm Grillparzer Georgy
Chamberlain Lessing Langbein Gryphius
Brentano Lafontaine
Strachwitz Claudius Schiller Kralik Iffland Sokrates
Katharina II. von Rußland Bellamy Schilling
Gerstäcker Raabe Gibbon Tschechow

Löns Hesse Hoffmann Gogol Wilde Gleim Vulpius
Luther Heym Hofmannsthal Klee Hölty Morgenstern
Roth Heyse Klopstock Kleist Goedicke
Luxemburg Puschkin Homer Mörike Musil
La Roche Horaz
Machiavelli Kierkegaard Kraft Kraus
Navarra Aurel Musset Lamprecht Kind Kirchhoff Hugo Moltke
Nestroy Marie de France

Laotse Ipsen Liebknecht
Nietzsche Nansen Ringelnatz
Marx Lassalle Gorki Klett Leibniz
von Ossietzky May vom Stein Lawrence Irving
Petalozzi Platon Knigge
Sachs Poe Pückler Michelangelo Kock Kafka
Liebermann Korolenko
de Sade Praetorius Mistral Zetkin

Uber Leben und Werk Tiecks

Ludwig Tieck

Impressum

Autor: Ludwig Tieck
Umschlagkonzept: toepferschumann, Berlin

Verlag: tradition GmbH, Hamburg
ISBN: 978-3-8495-3236-9
Printed in Germany

Ziel der TREDITION CLASSICS ist es, tausende deutsch- und
fremdsprachige Klassiker wieder in Buchform verfügbar zu
machen. Die Werke wurden eingescannt und digitalisiert. Dadurch
können etwaige Fehler nicht komplett ausgeschlossen werden.
Unsere Kooperationspartner und wir von tredition versuchen, die
Werke bestmöglich zu bearbeiten. Sollten Sie trotzdem einen Fehler
finden, bitten wir diesen zu entschuldigen. Die Rechtschreibung der
Originalausgabe wurde unverändert übernommen. Daher können
sich hinsichtlich der Schreibweise Widersprüche zu der heutigen
Rechtschreibung ergeben.

Text der Originalausgabe

Ludwig Tieck

Aus: Tiecks Werke.
Erster Band.

Vorwort des Herausgebers

Tiecks Werke.

Herausgegeben

von

Gotthold Ludwig Klee.

Kritisch durchgesehene und erläuterte Ausgabe.

Erster Band.

Leipzig und Wien.

Bibliographisches Institut.

Der Gattin von Tiecks hochherzigstem
Freunde,
Frau Sophien Gräfin Baudissin,
widmet diese Auswahl Tieckscher Schriften
verehrungsvoll der Herausgeber.

Nach der Anlage des großen Verlagsunternehmens, von dem die vorliegende Ausgabe Tieckscher Schriften einen Teil bildet, sollte und konnte nur eine Auswahl der dichterischen Werke Tiecks dargeboten werden. Der Schwierigkeiten, die der Aufstellung einer solchen in anbetracht der reichen Produktion des Dichters entgegenstanden, war ich mir bewußt. Mein Bestreben war, das auszuwählen, was die Eigenart seiner Poesie am reinsten aufweist und zugleich für den heutigen Leser am genießbarsten erscheint, oder mit andern Worten, was zugleich geschichtlichen und künstlerischen Wert besitzt. Freilich hätten dazu wohl noch der »Blaubart«, der Roman »Vittoria Accorombona« und die eine oder andre der Novellen gehört; aber der Umfang von drei Bänden durfte aus äußern Gründen nicht überschritten werden. Möchte es mir gelungen sein, aus dem Bedeutsamen das Bedeutsamste herauszufinden!

Was die Anordnung meiner Ausgabe betrifft, so macht den Anfang eine sparsame Auswahl aus den Gedichten; hieran schließen sich dramatische Dichtungen. Im zweiten Bande stehen zuerst einige Märchen, dann beginnt eine Reihe sogenannter Gesellschaftsnovellen, die im dritten Bande mit »Des Lebens Überfluß« abschließt, und der noch zwei historische Novellen folgen. Innerhalb dieser Abteilungen sind die einzelnen Nummern chronologisch geordnet. Den Texten wurde, mit einziger Ausnahme des »Gestiefelten Katers« (vgl. die Einleitung zu diesem), stets die letzte bei Lebzeiten des Dichters erschienene Ausgabe zu Grunde gelegt. Die Lesarten geben im allgemeinen nur die Abweichungen von dieser an.

Für die erläuternden Anmerkungen fehlte es fast gänzlich an Vorarbeiten; ich war also auf eignes Suchen angewiesen. In einigen Fällen hat mich Herr Professor Dr. *Ernst Elster* in Leipzig freundlich unterstützt. Die Einleitungen wollen über Entstehung und Wirkung, litterargeschichtliche Stellung und ästhetischen Wert der besprochenen Dichtungen mancherlei beibringen. Hier wie in der Biographie hoffe ich von Überschätzung ebenso fern geblieben zu sein wie von der pietätlosen und unverständigen Herabwürdigung, die unserm Dichter gegenüber immer noch zuweilen für einen Beweis besonderer kritischer Erleuchtung gehalten wird. Die Jahre der Entwickelung, die dem Verständnis manche Schwierigkeiten bieten, ausführlicher zu behandeln als die Meisterjahre, in denen der Dichter als ein Fertiger klar und abgeschlossen vor uns steht, war gerade deshalb am Platze, weil von den Werken jener Zeit verhältnismäßig nur Weniges in die Auswahl aufzunehmen war. Da der Biographie nicht wie den Einleitungen zu den einzelnen Dichtungen litterarische Beilagen beigefügt werden konnten, so erfordert es einfach die Ehrlichkeit, hier wenigstens die Namen derjenigen Männer aufzuzählen, deren größere oder kleinere Arbeiten, welche sich ganz oder teilweise mit dem Dichter beschäftigen, von mir vorzüglich benutzt worden sind. Vor allen muß ich nennen: Haym, Koberstein, Köpke, sodann H. von Friesen, Hettner, J. C. Hoffmann, J. Minor, R. Prölß, R. von Raumer, Julian Schmidt, A. Stern. Sehr reich ist ferner das Material, das sich in den Veröffentlichungen aus den Nachlässen von K. Förster, Solger, F. von Üchtritz und andrer sowie in den Briefsammlungen von Holtei, Raich, Waitz und Walzel findet. Auch einiges, der königlichen Bibliothek zu Dresden gehörende Material durfte ich, dank der Güte des Oberbibliothekars Prof. Dr. *Franz Schnorr von Carolsfeld*, benutzen. Zu danken habe ich endlich für mannigfache, stets gern gewährte Auskunft meist über biographische Einzelheiten Herrn Professor *Ernst Rudorff* in Groß-Lichterfelde bei Berlin und zwei edlen Frauen, der *Gräfin Sophie Baudissin* in Dresden und der Landrätin *Klara von Treutler* auf Neu-Weißstein bei Altwasser in Schlesien. Der letztern, einer Enkelin Tiecks, verdankt meine Ausgabe auch ein kleines Ineditum, den Spruch am Ende der »Gedichte«, das schöne Autogramm aus dem Jahre 1825 und vor allem das vortreffliche Bildnis des Dichters. Dieses ist nach einer Photographie, welche Frau von Treutler nach einem ihr gehörigen Ölgemälde Joseph Stielers abnehmen ließ, angefertigt. Das Original ist, wie ein Sohn des Künstlers, Herr Max Stieler in München, mitteilt, im Jahre 1838 oder 1839 in Dresden gemalt, soll sich durch besondere Ähnlichkeit und charakteristische Auffassung auszeichnen und erscheint hier zum ersten Male vervielfältigt.

Bautzen, im August 1892.

Dr. Gotthold Klee.

Tiecks Leben und Werke.

Tiecks Leben fiel in eine für die deutsche Geistesgeschichte überaus bedeutsame Zeit, und ihm selbst war vermöge seines vielseitigen, ungewöhnlichen Talents und seiner mannigfaltigen Bestrebungen beschieden, eine wichtige Rolle in der geistigen Umwälzung, die sich innerhalb der ersten Hälfte jener Epoche vollzog, zu spielen. Aber gerade der Reichtum und die Beweglichkeit von Tiecks Begabung sowie der Umstand, daß die geistigen und persönlichen Beziehungen, in denen er zu bedeutenden Zeitgenossen stand, fast so mannigfach waren wie die geistbewegenden Elemente des ganzen Zeitalters, erschweren es, ein klares Bild seines litterarischen Charakters zu zeichnen. Tiecks geistige Physiognomie scheint zuweilen proteusartig zu wechseln, seine Dichtung schillert in den verschiedensten Farben. Dennoch ist der Ausspruch, daß der Charakter von Tiecks Poesie recht eigentlich der sei, keinen Charakter zu haben, nichts weiter als ein geistreicher Witz, der sich bei näherer Untersuchung als unberechtigt erweist. Mit gutem Grunde durfte Tieck am Ende seines langen, inhaltreichen Lebens behaupten, daß er nie jene vielfachen und gewaltigen Veränderungen erfahren habe, die andre von sich rühmen oder über die sie sich beklagen wollten. Es waren in der That oft nur äußere Verhältnisse, die ihn beeinflußten, und fremde Strömungen, die ihn vorübergehend erfaßten, ohne ihm seine Eigenart und eine durchaus verständliche und folgerichtige innere Entwickelung zu rauben. Einem Manne, der nicht nur als Dichter, sondern auch als Kritiker, Gelehrter und Dramaturg, nicht nur durch seine Schriften, sondern auch durch seine Persönlichkeit so bedeutsam in das geistige Leben seiner Zeit eingreifen konnte, wäre dies wohl nicht möglich gewesen, wenn er persönlich und litterarisch eines ausgeprägten Charakters entbehrt hätte. Wie dieser sich entwickelte, dies wollen im Rahmen einer biographischen Skizze nachstehende Zeilen andeuten.

In der nüchternen Stadt des preußischen Zopfes, dem Sitze des Fridericianischen Militarismus und der Nicolaischen Aufklärung, ist der spätere Bannerträger der deutschen Romantik, der Sänger der »Waldeinsamkeit«, ein Stimmungsdichter, dem sich nur wenige an die Seite stellen können, geboren und aufgewachsen. Noch steht in der alten Roßstraße zu Berlin das bescheidene Haus, in welchem

Johann Ludwig Tieck am 31. Mai, dem zweiten Pfingstfeiertage, des Jahres 1773 das Licht der Welt erblickte. Sein Vater, der dem Erstgebornen seine eignen Vornamen beilegte, war ein wohlhabender Seilermeister, ein einfacher, aber begabter und für seinen Stand gebildeter Mann, nüchtern und ehrenhaft, ein eifriger Anhänger der Aufklärung, doch nicht ohne Sinn für wahre Poesie. Die Mutter, Tochter eines Dorfschmiedemeisters, im Hause eines Landpfarrers erzogen, eine stille, sanfte Frau, behauptete dem rationalistischen Manne gegenüber tapfer ihre schlichte Gläubigkeit. Dem ersten Sohne folgten in den nächsten drei Jahren noch zwei Kinder nach, eine Tochter, Sophie, und ein Sohn, Friedrich. Jene that sich später im Kreise der Romantiker als geistreiche Frau und phantasievolle Schriftstellerin hervor, dieser wird als ein Bahnbrecher unter den Meistern der neuern Bildhauerkunst noch heute mit Ehren genannt.

Im ganzen konnte die häusliche Umgebung nur günstig auf den reichbegabten, frühreifen Ludwig einwirken. Fuhr auch der Vater mit seinem Rationalismus zuweilen rauh dazwischen, so wachte er doch auch anfangs mit heilsamer Strenge über dem üppig sich entfaltenden Empfindungs- und Vorstellungsvermögen des Kindes, und daß Gemüt und Phantasie nicht zu kurz kamen, dafür sorgte die Mutter, aus deren Munde Ludwig die ersten Märchen vernahm, auf deren Schoße der kaum Vierjährige lesen lernte, und unter deren Augen er sich an Bibel und Gesangbuch labte. Ja der Vater selbst führte ihn sogar in das Reich der neuen deutschen Poesie ein. Denn jene stürmische Bewegung der Genieperiode, von der damals die jüngern Dichter ergriffen wurden, ging auch an seiner kleinbürgerlichen Häuslichkeit nicht vorüber. In Ludwigs Geburtsjahr waren Goethes »Götz« und Bürgers »Lenore« erschienen und hatten einer neuen, freiern, volkstümlichen Auffassung der Poesie Bahn gebrochen, und ein Jahr später brauste in Goethes »Werther« der volle Strom der lange zurückgestauten subjektiven Empfindung mächtig daher. Der alte Tieck wußte diese Werke trotz seiner nüchternen Verständigkeit gar wohl zu würdigen, und durch ihn lernte der Knabe den »Götz« kennen, der den tiefsten, nachhaltigsten Eindruck auf ihn machte.

Wurde diese geistige Bekanntschaft auch vielleicht zu früh geschlossen, so war sie doch so edler Art, daß sie auf das Gemütsleben des Kindes zwar aufregend, aber doch nicht schädlich einwirken konnte. Zum Teil bedenklich dagegen waren die Eindrücke, die dem Knaben hauptsächlich durch das Schülerleben vermittelt wurden. Nachdem er mehrere Elementarkurse durchgemacht hatte, trat er mit dem vollendeten neunten Lebensjahre im Sommer 1782 in die unterste Klasse des Friedrich-Werderschen Gymnasiums ein, das unter der Leitung des bekannten rationalistischen Pädagogen Friedrich Gedike stand. Obwohl Tieck wunderbar leicht auffaßte und manche glänzenden Erfolge errang, die ihn in den Ruf eines Genies brachten, so verlor er doch je länger je mehr die rechte Lust am schulmäßigen Lernen. Für Mathematik besaß er kein Talent, der vernünftelnde Religionsunterricht stieß ihn ab, regte aber zugleich quälende Zweifel in ihm auf, und die trockne, poesielose Art, wie auch die andern Fächer, namentlich die alten Sprachen, getrieben wurden, konnte ihn nicht anziehen. Die Anmaßung, mit der die Bedürfnisse des Gemüts als abgeschmackt zurückgewiesen wurden, forderte seinen Widerspruch heraus, und da er seine abweichenden Meinungen keck aussprach und seine Lehrer durch geistreiche Paradoxen und launenhafte Phantastik in Schrecken setzte, so war er wenigstens in den obern Klassen nicht eben wohl angeschrieben.

Vielfache Interessen, die ihn von dem langweiligen Lernen abzogen, hatten es mit sich gebracht, daß seine Fortschritte in den letzten Schuljahren trotz seines staunenswerten Gedächtnisses nicht besonders ausgezeichnet waren. Friedrich der Große war 1786 gestorben und sein Neffe, der leichtlebige Friedrich Wilhelm II., hatte den Thron bestiegen. Der Periode der strengen, nüchternen Pflichterfüllung war am Hofe eine lustige Zeit der Mätressenwirtschaft und gewissenloser Verschwendung gefolgt. Es konnte nicht fehlen, daß sich die veränderte Lebensauffassung der höchsten Kreise allmählich auch in den bürgerlichen Regionen hier und da geltend machte. Ein Zwiespalt zwischen der alten und der neuen Moral mußte gerade von tiefern Naturen quälend empfunden werden. Der König begünstigte eifrig das Theater, und die Anziehungskraft, welche die Bühne auf den jungen Tieck ausübte, war von früher Kindheit an gewaltig gewesen. Zumal als seit 1783 der große Schauspieler Ferdinand Fleck in Berlin als Mitglied der berühmten Döbbelinschen Truppe auftrat, lauschte Tieck, so oft es möglich war, dessen hinreißenden Darstellungen. Die Eindrücke des Theaters hatten ihn bereits zu dichterischer Produktion angetrieben, sein improvisatorisches Talent befähigte ihn schon als Kind, kleine Dramen aus dem Stegreife auf einem Puppentheater aufzuführen. Zugleich aber regte sich seine außerordentliche mimische Begabung. Mit den Geschwistern stellte er Szenen aus seinen Lieblingsstücken, insbesondere aus Schillers »Räubern«, dar. Denn auch der Kreis seiner Lektüre hatte sich sehr erweitert; der Gegensatz zwischen den freiern Anschauungen der Stürmer und Dränger und denen der Berliner Aufklärer weckten neue innere Kämpfe in ihm, durch die er zuweilen in die trübste Stimmung versetzt wurde, und die ordnungslose Hast, mit der er Treffliches und Geringes, ja geradezu Schlechtes verschlang, überreizte seine Phantasie. Neben den Jugenddramen Schillers und den wilden Erzeugnissen der andern sogenannten »Genies« wirkten mit beinahe gleicher Gewalt die im Gefolge des »Götz« und der »Räuber« auftauchenden rohen Rittergeschichten und Geisterromane auf ihn ein. Zu der Menge unvergorner Elemente, welche die zeitgenössische Litteratur ihm aufdrängte, kamen aber bald auch Dichtungen der Vergangenheit, die ihm für das ganze Leben teure Besitztümer werden sollten. Er las mit Entzücken den »Don Quixote« in Bertuchs kürzender Übersetzung, er ergötzte sich innig an Holbergs Komödien, und er versenkte sich vor allem in Shakespeare, von dem er zuerst den »Hamlet« in Eschenburgs Übertragung kennen lernte. Hinter dieser Welt von Poesie traten ihm die antiken Schulklassiker weit zurück, obwohl er die »Odyssee«, die er sehr liebte, in Hexametern übersetzte. Bei alledem fand er noch Zeit, Italienisch zu lernen, auf Wunsch des Vaters sogar Musik zu treiben, zu der er indes kein Talent besaß, und war als Primaner bereits ein sattelfester Reiter und gewandter Fechter.

Konnte der Schulunterricht ihm wenig bieten, so fand er außer in der Lektüre um so mehr Anregung im persönlichen Umgang mit einigen Mitschülern. Nachdem der phantasievolle, leidenschaftliche Jüngling seine Freundschaft zuerst an einen Unwürdigen, den kalten und herzlosen Bothe, weggeworfen hatte, schloß er einen innigen Seelenbund mit dem ihm gleichalterigen Wilhelm Heinrich Wackenroder, dem Sohne eines Geheimen Kriegsrates und Justizbürgermeisters in Berlin, einem weichen, träumerischen Jüngling von seltener Reinheit des Herzens. Mit einer fast weiblichen Innigkeit und Hingebung schloß sich der schüchterne Wackenroder an den keckem und gereiftern Tieck an, der ihm mit heißer Empfindung lohnte und sich dem mildernden, beruhigenden Einfluß des Freundes nicht verschloß. Andre Altersgenossen, die Tieck nahe traten, waren der jugendlich schwungvolle, ritterliche und strebsame Friedrich Toll und der gutmütige und lebhafte, aber auch leichtsinnige Wilhelm von Burgsdorff, der Sohn eines märkischen Edelmannes. Jenen raffte schon im Herbste des Jahres 1790 ein früher Tod hinweg, mit diesem blieb Tieck ein Menschenalter hindurch herzlich verbunden.

Nächst dem Verhältnis zu Wackenroder ward für Tieck das zu einem andern Mitschüler, Wilhelm Hensler, von besonderer Bedeutung, da es ihm den Weg in das Haus von dessen Schwiegervater, dem berühmten Kapellmeister Johann Friedrich Reichardt, bahnte. Dieser geistreiche, leichtbewegliche Mann stand nicht nur im Mittelpunkt des Berliner Musiklebens, das sich damals glänzend entfaltete, er war auch ein Freund allseitiger Bildung und machte sein Heim zu einem Sammelplatz für die mannigfachsten geistigen Bestrebungen; Sänger, Musiker, Schauspieler, Künstler und Kunstfreunde verkehrten bei ihm. Er trieb Kantische Philosophie, schriftstellerte auf ästhetischem Gebiet und verkündete die Größe Goethes. Am lebhaftesten aber interessierte er sich damals für die Bühne und errichtete in seinem Hause sogar ein Liebhabertheater. Tieck, von schöner, schlanker Gestalt und edlen, ausdrucksvollen Zügen, im Besitz eines biegsamen, klangreichen Organs, hatte alle äußern Mittel zu einem hervorragenden Schauspieler und übertraf in der That bald alle andern in der Darstellung der bedeutendsten Rollen. Er ging allen Ernstes mit dem Gedanken um, sich ganz der Bühne zu widmen.

Für einen Primaner bot dieses gewiß höchst anregende Leben doch gar zu viel des Zerstreuenden und Verwirrenden. Dazu kam, daß Tieck in Reichardts Hause nicht nur einen höchst merkwürdigen Mann, den originellen, geistvollen, kenntnisreichen, aber exzentrischen Goethe-Apostel Karl Philipp Moritz, damals Professor der Altertumskunde an der Berliner Kunstakademie, kennen lernte, der ihn mächtig anzog, und dessen dilettantische Vielseitigkeit dem unreifen Jüngling als Vorbild nur gefährlich werden konnte, sondern auch, daß er, der siebzehnjährige Gymnasiast, bereits in einer jüngern Schwester von Reichardts Frau, der kleinen Amalie Alberti aus Hamburg, seine zukünftige Braut fand. Als das gastfreundliche

Haus sich 1791 auflöste und Reichardt, der durch seine politische Schriftstellerei bei Hofe mißliebig geworden war, nach Giebichenstein bei Halle übersiedelte, zog die Geliebte Tiecks nach ihrer Heimat. Er blieb ihr treu, aber eine ausgebreitete Geselligkeit war ihm Bedürfnis geworden, und dieses Bedürfnis trieb ihn, neue Freundschaften aufzusuchen, die er auch fand, die aber zum Teil keinen günstigen Einfluß auf seine geistige Entwicklung, namentlich auf seine Entwickelung als Schriftsteller, ausübten.

Schon lange hatte sich Tiecks produktive Begabung geltend gemacht. Als Kind schrieb er mit spielender Leichtigkeit Verse, als Schüler statt der langweiligen Aufsätze phantastische Erzählungen, die von den Lehrern merkwürdigerweise beifällig aufgenommen wurden; Pläne zu großen Tragödien wurden geschmiedet, ein Zaubermärchen: »Das Reh«, und andre kleine Stücke in dramatischer Form, aber ohne eigentlich dramatischen Gehalt, rasch hingeworfen. Shakespeare war es gewesen, der den jungen Dichter zu diesen Exerzitien anregte, und diesem großen Leitstern seines Lebens brachte er in der ältesten seiner Dichtungen, die wir besitzen, eine überaus sinnige Huldigung dar. Die 1789 entstandenen Szenen »Die Sommernacht« stellen in reizender Weise dar, wie der Knabe Shakespeare von Oberon und Titania, die ihn im Walde schlafend finden, die Dichterweihe erhält. Man erkennt aus dem liebenswürdigen Bruchstück, das Haym die »anmutigste Vorankündigung des nachmaligen romantischen Dichters« nennt, daß es vor allem das phantastische Element war, was ihn in Shakespeares Poesie damals anzog: es war der Dichter des »Sommernachtstraums« und des »Sturms«, für den sein Herz erglühte, und der es ihm für immer angethan hatte. Wie wenig er das eigentlich Dramatische erkannte, beweist sein im nächsten Jahre (1790) geschriebenes dreiaktiges Schauspiel »Alla-Moddin«, das die Geschichte eines Sulu-Insulanerhäuptlings, welcher spanischen Jesuiten auf Manila in die Hände gefallen ist, mit großem Aufwand von aufgeklärtem Räsonnement und wortreicher Seelengröße behandelt. Die Charakteristik ist schwach, die Handlung ohne frische Lebendigkeit, das Malerische tritt in den Vordergrund, das fremdländische Kolorit und einzelne stimmungsvolle Situationen haben offenbar den größten Reiz auf Tiecks Genius ausgeübt und sind ihm in der That am besten gelungen. Ähnlich steht es mit der demselben Jahre angehörenden kleinen phantastischen Erzählung »Almansur«, in der Tieck orientalisches Kostüm anwendet; Rousseausche Naturschwärmerei und trübe Melancholie bilden den Hauptinhalt der ziemlich unklaren Dichtung, die nur als Spiegel der zwiespältigen, trüben und überschwenglichen Stimmung ihres jugendlichen Verfassers Interesse zu erregen vermag.

Nicht mit diesen ersten Blüten seiner eigensten, wenn auch unreifen Phantasie trat indes Tieck als Schriftsteller vor das Publikum. Seine Gutmütigkeit und die allzu große Biegsamkeit seines Geistes verleiteten ihn, sein Talent im Solde eines gewissenlosen Lehrers als Lohnschreiber zu verwerten. Schon den »Alla-Moddin« verfaßte er auf Anregung eines seiner Lehrer, unter denen sich seit kurzem etliche noch sehr junge Männer befanden, die ebenso wie Tieck selbst teils unter dem Einflusse der Aufklärung, teils unter dem der Sturm- und Drangperiode standen. Der bedeutendste unter ihnen war August Ferdinand Bernhardi, der nur vier Jahre älter war als sein Schüler, nachmals dessen Schwester heiratete und sich als Sprachforscher einen Namen gemacht hat. Er war in Halle unter Friedrich August Wolf gebildet und verehrte Goethe. Er besaß, wie Tieck sagt, viel Scharfsinn; Spott und treffender Witz standen ihm zu Gebote. Er liebte Laune, Ironie und Mystifikation und konnte mit Nachdruck und Anstrengung arbeiten, um hinterher eben das zu verspotten, woran er seine ganze Kraft gesetzt, und nicht minder diejenigen, welche daran geglaubt hatten. Gewandt und überlegen wußte er sich in die verschiedensten Stimmungen zu versetzen; stets blieb er Herr der Form, auch in der Rede und Schrift, und wußte für sich zu gewinnen und zu blenden. Es ist klar, daß der intime Umgang mit einem solchen Manne zwar anregend, aber was gerade für den jungen Dichter das Notwendigste gewesen wäre keineswegs beruhigend, klärend und festigend wirken konnte. Noch viel nachteiliger aber war für Tieck das Verhältnis, in das er zu einem andern jungen Lehrer, Namens Friedrich Eberhard Rambach, trat. Dieser, sechs Jahre älter als Tieck, war ein oberflächlich gebildeter, gesinnungsloser Mann, der alles, was man von ihm verlangte, Romane, Dramen, namentlich aber Schauergeschichten der gröbsten Art, wie sie damals Mode waren, hinsudelte. Er war es, der, durch das Schauspiel »Alla-Moddin« auf Tiecks Talent aufmerksam gemacht, sich nicht scheute, letzteres auf die schmählichste Weise zu seinem Vorteil auszunutzen. Er stellte den Jüngling zuerst als Abschreiber seiner Machwerke an und überließ ihm dann bald, wenn er selbst die Lust weiterzuarbeiten verlor oder seine Phantasie erlahmte, seine Schmierereien zu vollenden. »In wahrhaft frevelhafter Weise«, sagt Haym, »wurde der achtzehnjährige Primaner um seine litterarische Unschuld gebracht, wurde er um das Gefühl der Würde des schriftstellerischen Berufs und der Heiligkeit der ersten Regungen des poetischen Genius betrogen.« Die Himburgsche Verlagshandlung in Berlin gab eine Sammlung von Spitzbubengeschichten unter dem Titel: »Thaten und Feinheiten renommierter Kraft- und Kniffgenies« heraus, die dem Modegeschmack der Zeit gemäß die sogenannte »humane« Tendenz verfolgte, zu zeigen, daß der »edle« Verbrecher nur durch Umstände, durch die unseligen Einrichtungen des modernen Staates, zum Verbrecher geworden sei. Rambach sollte das Jahrmarktsbuch vom *»Bayerschen Hiesel* oder *Matthias Klostermayr«* zu einer solchen Erzählung umarbeiten, verlor aber nach den ersten Kapiteln den Geschmack daran und überließ Tieck die Fortsetzung, die dieser auch ganz im Sinn seines Auftraggebers zu Ende führte. Nur am Schluß konnte er sich nicht versagen, offen zu erklären, daß es ihm sehr sauer geworden sei, »diesen Kerl als einen Helden in seinem Fache« darzustellen, weil er »nichts mehr und nichts weniger war als ein Spitzbube«. Ebensowenig wie diese, war eine andre Aufgabe, die Rambach Tieck stellte, dessen würdig, nämlich zu einem Schauerroman seiner Fabrik »Die eiserne Maske« zwei im Ossianschen Schwermutston gehaltene Gedichte und das Schlußkapitel beizusteuern, obwohl man zugestehen muß, daß jene den angeschlagenen Ton nicht übel treffen, und daß dieses eine bemerkenswerte Virtuosität in der Darstellung schrecklicher Seelenkämpfe aufweist. So gab der junge Dichter sich dazu her, »die Kleckserei eines Handwerkers noch zuletzt in einer Art Brillantfeuer strahlen zu machen«. Daneben hatte es wenig zu bedeuten, daß ein andrer Lehrer, Namens Seidel, ihm auftrug, eine von ihm begonnene Übersetzung von Middletons »Römischer Geschichte« zu vollenden.

Jenes Schlußkapitel des Rambachschen Romans wäre Tieck schwerlich so gut gelungen, wenn nicht ähnliche Stimmungen wie die geschilderten in seinem eignen Herzen lebendig gewesen wären. Die widersprechendsten Eindrücke waren auf ihn eingestürmt, zwei Freunde hatte er kurz hintereinander durch den Tod verloren, seine sensitive Natur war dadurch aus dem Gleichgewicht gehoben worden.

Dies zeigte sich noch deutlicher, als er zu Ostern 1792 das Gymnasium verließ und die Universität Halle bezog. Hätte er seiner innersten Neigung folgen dürfen, so wäre er Schauspieler geworden, wozu er allerdings die unverkennbarste Begabung besaß; aber der Vater drohte mit seinem Fluche. So beschloß denn Ludwig, den Studien treu zu bleiben. Er ließ sich in Halle üblicherweise als Student der Theologie inskribieren, obwohl ihm diese Wissenschaft innerlich fernlag. Das religiöse Gefühl war in ihm noch nicht geweckt worden; schneidende Skepsis und unklarer Gefühlsüberschwang stritten in seinem Herzen um die Oberhand. Fürs erste wollte er Litteratur und Altertumswissenschaften studieren. Unter den Professoren zog ihn nur Friedrich August Wolf, der große Philolog, durch seine lebensvolle Auffassung der antiken Welt an. Außerdem bot ihm Reichardts gastfreies Haus im benachbarten Giebichenstein Gelegenheit zu manchem nützlichen Einblick in das gelehrte Leben. Aber innerlich befriedigt fühlte er sich in Halle nicht. Ja, er vereinsamte bald gänzlich und war in Gefahr, in ratlosem Zweifel und einer zuweilen an Wahnsinn grenzenden Melancholie unterzugehen. Von seinen Schulfreunden war ihm nur Burgsdorff nach Halle gefolgt; der geliebte Wackenroder wurde von seinem strengen Vater noch in Berlin zurückgehalten, und selbst jener war ihm damals entfremdet, da er durch neue Verbindungen in Anspruch genommen wurde und namentlich mit einem mephistophelischen Gesellen, Namens Wiesel, den Tieck verabscheute, ein liederliches Leben führte. Der Briefwechsel, den Tieck mit Wackenroder begonnen hatte, gewährt einen tiefen Einblick nicht nur in die Zartheit und Reinheit ihrer Freundschaft, sondern auch in die Seelenqualen, von denen der junge Student heimgesucht wurde. Eine Fußreise in den Harz, die Tieck im Juli unternahm, führte einen Wendepunkt herbei. Die feierliche Erhabenheit eines Sonnenaufganges im Gebirge brachte ihm wenigstens in *einer* Beziehung Frieden und innere Erleuchtung. Die Gewißheit von der Existenz eines liebreichen Gottes durchströmte wie ein seliger Schmerz sein ganzes Wesen. So tief war die Wirkung dieses Augenblickes, daß er desselben noch im Greisenalter nicht ohne die innigste Rührung gedenken konnte, daß er ihn wenige Monate vor seinem Tode noch den höchsten, wundervollsten und rätselhaftesten Moment seines ganzen Lebens nannte und sich für beglückt hielt, daß er diesen Zustand hatte erleben dürfen.

Daß er dennoch jene Melancholie noch keineswegs überwunden hatte und auch in der Folgezeit oft genug von düstern Seelenstimmungen gequält wurde, das beweist am deutlichsten die Dichtung, die er allerdings schon 1791 in Berlin begonnen hatte, jetzt aber wieder aufnahm und ihrem Ende nahe brachte: »*Abdallah*«. Vollendet wurde diese grausige Erzählung gegen Ende 1792 in Göttingen, wohin er nach einem Abstecher in die Heimat im Herbst übersiedelte. Den Inhalt faßt Haym in folgende Sätze zusammen: »Um sich die Verzeihung der Hölle wiederzuerwerben, hat Omar von einem höllischen Geiste die Aufgabe gestellt bekommen, einen Sohn dahin zu bringen, daß derselbe seinen eignen, geliebten Vater dem Tode übergebe. In der Gestalt eines Erziehers und Freundes des jungen Abdallah macht er sich an die Arbeit. Er vergiftet zunächst seine Seele, indem er ihm die Grundsätze einer verzweifelten fatalistisch-epikureischen Philosophie beibringt, die den Egoismus und den Sinnengenuß als das einzig Reelle, gut und böse als ununterscheidbar Eins, den freien Willen als eine thörichte Einbildung, das Leben als ein zweckloses Spiel, die ganze Welt als eine Kette mechanisch wirkender Kräfte darstellt, und knüpft dann weiter an einen Liebeshandel Abdallahs mit der Tochter des Sultans an, um zum Ziele zu gelangen. Der teuflische Plan gelingt. Um sich den Besitz der Geliebten zu erringen, überliefert Abdallah den eignen Vater dem Tode. Er feiert infolgedessen seine Hochzeit mit der Sultanstochter, aber die Qualen des Gewissens machen ihm das Hochzeitsfest zum Gericht... Alle Register des Entsetzens werden bei dieser Schlußszene gezogen... In grellen Dissonanzen mischt sich der Jubel und die Üppigkeiten eines orientalischen Hochzeitsmahles mit den in gräßlichen Phantasiegestalten versinnlichten Ängsten und Foltern des Bräutigams, des Vatermörders.« Die orientalische Einkleidung hat der »Abdallah« mit dem »Almansur« gemein, er übertrifft diesen an Wucht der Darstellung, aber auf die richtige Verteilung von Licht und Schatten verstand sich der junge Dichter noch nicht, und so mußte, wie er selbst später bemerkt hat, die gleichmäßige Überhäufung des Gespenstischen und Wilden am Ende notwendig übersättigen. Der Boden, auf dem diese Pflanze gewachsen war, waren nicht Schillers »Räuber«, sondern die ordinären Schauerromane und Gespenstergeschichten, die sich damals des Beifalls beim großen Publikum erfreuten.

In gleichem Fahrwasser schwimmt der Dichter in zwei unbedeutenden kleinen Erzählungen, die in dasselbe Jahr fallen, »*Adelbert und Emma*« und »*Der Roßtrapp*«. Letztere ist nicht erhalten; daß der scharfe Tadel, den Wackenroder über sie ausschüttete, berechtigt war, unterliegt aber keinem Zweifel; Tieck selbst sprach bald sehr wegwerfend über dieses Produkt. Weit höher steht ein kleines zweiaktiges Trauerspiel: »*Der Abschied*«, das gegen Ende desselben Jahres auf Wunsch Bernhardis rasch niedergeschrieben wurde. In dem Stück, das zu einer Familienaufführung bestimmt war, sollten nicht mehr als drei Personen auftreten. Diese äußere Beschränkung war der Geschlossenheit des Kunstwerkes günstig. Der Inhalt des kleinen Dramas ist folgender: Zwei Liebende, die wie in »Kabale und Liebe« Ferdinand und Luise heißen, sind durch Irrungen und falsche Nachrichten für immer getrennt worden. Luise heiratet einen andern Mann und lebt mit ihm zufrieden in ländlicher Zurückgezogenheit, obwohl das Bild ihres ersten Geliebten noch im Hintergrund ihrer Seele steht. Da erscheint eines Abends der vermeintliche Ungetreue, nur, um für ewig Abschied von der Verlornen zu nehmen. Die alte Liebe flammt gewaltig auf. Der Gatte schöpft Verdacht und belauscht ihr Abschiedsgespräch, das von tiefem Weh über ihr vereiteltes Glück erfüllt ist. Rasend vor Eifersucht fällt er zuerst über das Porträt des Nebenbuhlers her, das die Frau für das eines verstorbenen Bruders ausgegeben hat, ersticht dann Ferdinand selbst im Schlafe und ermordet endlich auch die Gattin, da sie ihn durch Vorwürfe und unverhohlenen Abscheu reizt. Es ist in engem Rahmen ein Stück ergreifender Poesie, wenn man auch bedauern muß, daß die innere Notwendigkeit der Handlung durch das Hereinziehen allerhand fatalistischer Motive beeinträchtigt wird.

Neben den genannten Dichtungen beschäftigte den Zwanzigjährigen die Fortsetzung eines früher begonnenen, aber nie vollendeten Trauerspiels: »*Anna Boleyn*« und der Entwurf eines groß angelegten Romans: »William Lovell«. Doch auch zu wissenschaftlichen Bestrebungen fühlte er sich in Göttingen, wo er sich viel besser gefiel als in Halle, angeregt. Der Ton feiner Geselligkeit, der hier herrschte, war ihm sympathischer als das etwas rohe Wesen der Saalestadt. Unter den Berühmtheiten der Universität erweckte sein Interesse der geschmackvolle Altertumsforscher Christian Gottlob Heyne, der ihn freundlich aufnahm und ihn auch in das Studium der alten Kunst einführte. Der arme Bürger, der Dichter der »Lenore«, zog ihn lebhaft an, obwohl der Unglückliche, durch verschuldete und unverschuldete Leiden an Geist und Körper gebrochen, nur noch ein Schattenbild seines frühern Selbst war. Unter der Studentenschaft fand Tieck mehrere junge Leute, mit denen er eine Art litterarischer Gesellschaft stiftete, zu welcher unter andern auch der gleichfalls nach Göttingen gekommene Burgsdorff gehörte. Die größte Anziehungskraft aber übte die Bibliothek mit ihren Schätzen auf Tieck aus. Hier fand er genügende Hilfsmittel, um sich dem Studium der englischen Litteratur, hauptsächlich des ältern Dramas und Shakespeares, gründlicher widmen zu können. Der Plan, ein großes Werk über diesen »Dichter aller Dichter« zu schreiben, tauchte schon damals in ihm auf. Auch verfaßte er eine Bearbeitung des Lustspiels »Volpone« von dem jungem Zeitgenossen und Antipoden Shakespeares Ben Jonson unter dem Titel: »*Ein Schurke über den andern oder die Fuchsprelle*« und lernte, um den »Don Quixote« im Urtext lesen zu können, die spanische Sprache,

Zu Ostern 1793 ward endlich der treue Wackenroder, mit dem Tieck unausgesetzt in Briefwechsel gestanden hatte, von dem geistigen Zwang, den sein Vater auf ihn ausübte, freigesprochen. Trotz einer glänzenden Abgangszensur, die Gedike dem Jüngling erteilt hatte, war es dem Vater zweckmäßig erschienen, ihn noch ein Jahr lang durch Privatunterricht für die Universität vorzubereiten, wobei neben der Jurisprudenz auch die allgemeinen Wissenschaften nicht unberücksichtigt blieben. So hatte ihm der Prediger Erduin Julius Koch, ein für seine Zeit sehr tüchtiger Kenner unsrer ältern Poesie, bekannt als Verfasser des ersten Kompendiums der deutschen Literaturgeschichte, privatim Vorlesungen über »die schönen Wissenschaften unter den Deutschen« gehalten, die auf seine Geistesrichtung großen Einfluß gewannen. Schon damals fühlte er sich von der altdeutschen Poesie lebhaft angezogen und suchte seinen Freund dafür zu interessieren, der sich indes anfangs ablehnend verhielt. »Soviel ich die Minnesänger kenne«, schrieb er 1792 an Wackenroder, »herrscht eine erstaunliche Einförmigkeit in allen ihren Ideen«; er warnte den Freund geradezu, sich ja nicht zu sehr in die Poesie des Mittelalters zu vertiefen. Wackenroder sollte nun nach Erlangen gehen, um sich dort, sehr gegen Neigung und innern Beruf, die ihn zur Kunst, namentlich zur Musik hinzogen, dem Studium der Rechte zu widmen. Tieck beschloß, ihn zu begleiten, er reiste nach Berlin, um den Freund abzuholen, und brach in froher Stimmung mit ihm nach Franken auf. Erlangen selbst und die akademischen Lehrer boten den Jünglingen nur wenig Anregung, um so mehr thaten dies die Natur des gesegneten Landes mit seinen herrlichen, burggekrönten Hügeln und die Städte mit ihren alten Kunstdenkmälern und historischen Erinnerungen. Vor allem wurde Nürnberg das Ziel ihrer häufigen Wanderungen. Hier ging ihnen an den Werken Albrecht Dürers, Peter Vischers und andrer wackerer Meister das Verständnis für die Schönheit der altdeutschen Kunst auf. Die vaterländische Vorzeit stand in anheimelnder Gestalt vor ihrer Seele, und die Undankbarkeit der Gegenwart, die diese Welt treuherzigen Kunstschaffens vergessen hatte, kam ihnen schmerzlich zum Bewußtsein. Diese Eindrücke sowie die, welche ihnen die Gemäldegalerie zu Pommersfelden mit ihrer berühmten, damals für raffaelisch gehaltenen Madonna zuführte, waren für beide Freunde von höchster Bedeutung; die ersten Ideen zu den »Herzensergießungen eines kunstliebenden Klosterbruders«, zu den »Phantasien über die Kunst« und zum »Franz Sternbald« erwachten. Ein katholisches Hochamt in vollem Glanze, das sie in Bamberg erlebten, und eine Wanderung in das Fichtelgebirge, wo die Geister der tiefsten Waldeinsamkeit und einer mondbeglänzten Sommernacht zu ihnen sprachen, vollendeten die wunderbaren Eindrücke, die sie dem Erlanger Aufenthalt verdankten. Sie hatten gelernt, sich in Kunst und Natur mit einer Art religiöser Andacht zu versenken.

Um die Mitte des Sommers hatte sich auch Burgsdorff in Erlangen eingefunden. Mit diesem beschlossen die Freunde nach Göttingen zurückzukehren, aber nicht auf geradem Wege, sondern in einem Bogen über die vielgepriesenen Rheinlande. Burgsdorff übernahm die Leitung; bald aber merkten die beiden andern, daß es nicht dem Rheine, sondern direkt Göttingen zuging, und es stellte sich heraus, daß der Führer die gemeinsame Reisekasse verspielt hatte. In Eilmärschen suchte man infolgedessen Göttingen zu erreichen, wo man im Herbst eintraf.

Mit neuem Eifer nahm nun Tieck seine Lieblingsstudien wieder auf. Der Gedanke eines größern Werkes über Shakespeare und seine Zeit stand völlig abgeschlossen vor ihm. Fürs erste beschränkte er sich darauf, eine für die Bühne berechnete Bearbeitung des »Sturms« anzufertigen, der er eine »*Abhandlung über Shakespeares Behandlung des Wunderbaren*« beigab; denn damals erschien ihm noch unter Shakespeares »dramatischen Vollkommenheiten« die als die größte, daß er die verwegensten Fiktionen, das »Wunderbare«, seinen Zuschauern glaublich zu machen wisse. So weit er demnach noch von der völligen Erkenntnis von Shakespeares wahrer Größe entfernt war, so enthält die Abhandlung doch eine solche Fülle feiner, zutreffender Bemerkungen, daß sie noch jetzt lesenswert erscheint. Eine andre Arbeit, die sich ebenfalls auf Shakespeare bezieht, ist die Beurteilung einer »*Shakespeare-Galerie*« in englischen Kupferstichen, die er auf Anregung des bekannten Göttinger Kunstschriftstellers Johann Dominik Fiorillo verfaßte, und die durch Heynes Vermittelung 1795 in der »Bibliothek der schönen Wissenschaften« gedruckt wurde.

In die Zeit dieses zweiten Göttinger Aufenthaltes, und zwar noch in das Jahr 1793, fällt der erste Entwurf einer Tragödie » *Karl von Berneck*«. Auf jener Reise ins Fichtelgebirge waren Tieck und Wackenroder auch in die Gegend von Kulmbach gekommen und hatten sich hier an der romantisch gelegenen, düstern Burgruine Berneck entzückt. Tieck hatte sogleich den Plan gefaßt, den schauerlichen Ort zum Schauplatz eines grausigen Dramas zu machen, und ging jetzt an die Ausführung. Obwohl wir das Schauspiel nicht in seiner ursprünglichen Gestalt, sondern in einer Überarbeitung vom Jahre 1795 besitzen, so erscheint es doch passend, schon jetzt seiner zu gedenken. Die Fabel des Stückes ist folgende: An Burg und Familie Berneck haftet ein alter Fluch. In jeder Johannisnacht geht ein eisgraues Gespenst im Schlosse um, der Geist des ersten Besitzers, der seinen Bruder ermordet hat. Wen das Gespenst grüßt, der muß in demselben Jahre sterben, und dieser Spuk wird so lange währen, bis einst von zwei Brüdern in der Familie der eine den andern ermordet, ohne daß sie doch Feinde sind. Dieses höchst verzwickte Verhängnis erfüllt sich nun, und Motive aus der Orestessage werden damit verflochten. Nach sechzehnjähriger Abwesenheit kehrt der Burgherr, der alte melancholische Walther, von einem Kreuzzug zurück und wird, wie Agamemnon von Ägisth, von dem Buhlen seiner Gattin umgebracht. Der jüngere seiner Söhne, Karl, der wie der Vater unter dem Drucke des auf dem Hause lastenden Verhängnisses ein schwermütiges Dasein führt, erschlägt dafür mit dem alten fluchbeladenen Mordschwert des Ahnen den Buhlen und die Mutter. Der ältere Bruder Karls, Reinhard, ist von leichterem Temperament und entbrennt gegen jenen in bitterer Feindschaft, als er erfährt, daß Karl die sanfte Adelheid von Orla, um die er selbst sich bewirbt, liebt und von ihr geliebt wird. Aus Eifersucht beschließt er, den Bruder zu ermorden. Er findet ihn schlafend, da aber wird er von plötzlicher Rührung ergriffen; seine Mordgier verwandelt sich in zärtliche Liebe, so daß er dem Bruder die Geliebte freiwillig abtritt. Aber alles umsonst! Als das Paar die Hände zur Verlobung ineinanderlegen will, tritt der Geist der ermordeten Mutter dazwischen. Von Furien gepeitscht verlangt Karl, daß der Bruder ihn töte, und läßt nicht ab, bis dieser ihm in einer zärtlichen Umarmung den Dolch in die Brust stößt. So büßt Karl seine Schuld, und zugleich hat sich der Fluch des Hauses erfüllt. Reinhard, für den das Leben keinen Reiz mehr hat, geht in ein Kloster. Diese wunderliche Handlung ist über die Maßen breit ausgesponnen, die Charakteristik ist schwach; die unklare fatalistische Anschauung, die durch das Ganze weht, hat nichts von Äschyleischer Größe. Tieck selbst gestand später, daß es eine kindische Verirrung gewesen sei, das Gespenstische an Stelle des Geistigen unterschieben zu wollen. Das einzige poetische Verdienst des Stückes beruht in einigen stimmungsvoll ausgemalten Situationen.

Von demselben düstern, grüblerischen Geiste wie »Abdallah« und »Karl von Berneck« ist der große psychologische Roman »*Geschichte des Herrn William Lovell*« erfüllt, den wir am besten hier erwähnen, da er zwar erst 1796 vollendet, aber schon 1792 entworfen, im nächsten Jahre begonnen und 1794 zu einem Drittel niedergeschrieben wurde, hauptsächlich aber deshalb, weil die Ausarbeitung des Buches, das nur noch wegen seines Verfassers Interesse erregt, nach Tiecks eignem Zeugnis wenigstens zum Teil in eine Zeit fiel, als sich der Dichter von dem darin zum Ausdruck gelangenden trüben Geist bereits losgemacht hatte. Er nennt es »das

Mausoleum vieler gehegten und geliebten Leiden und Irrtümer«;
»aber als es gebaut war«, fügt er hinzu, »war der Zeichner und Ar-
beiter schon von diesen Leiden frei; ich war fast immer sehr heiter,
als ich dies Buch schrieb, nur gefiel ich mir noch in der Verwir-
rung.« Ein andermal teilt der Verfasser den Zweck mit, den er bei
der Abfassung des »Lovell« verfolgt habe: »Das Bestreben, in die
Tiefe des menschlichen Gemütes hinabzusteigen, die Enthüllung
der Heuchelei, Weichlichkeit und Lüge, welche Gestalt sie auch
annehmen, die Verachtung des Lebens, die Anklage der menschlichen Natur: diese Aufgaben und finstern Stimmungen wurden hier
nicht oberflächlich hingemalt, sondern mit Ernst aufgefaßt.« Das
Thema der Erfindung erinnert lebhaft an »Abdallah«; auch hier
wird das Verderben eines schwachen, reizbaren Individuums als
das Werk planmäßiger Verführung durch einen teuflischen Intri-
ganten dargestellt; aber um diesen Grundgedanken zu veranschau-
lichen, sucht der Dichter nicht nach phantastisch orientalischer Einkleidung, sondern er verlegt die Handlung in die Gegenwart und
stellt mit Verschmähung alles äußerlichen Apparates nichts dar als
die Seelengeschichte seines Helden. Freilich ist dieser Held als ein
so elender Schwächling gezeichnet, daß man sich für seine Schicksa-
le nur schwer zu erwärmen vermag. William Lovell, mit einem
unschuldigen Mädchen verlobt, geht nach dem Willen seines Vaters, um sich Menschenkenntnis zu erwerben, auf Reisen. Schon in
Paris fällt er in die Netze einer ordinären Kokette, die er für ein
ideales Wesen hält. Allerdings erfaßt ihn sehr bald Reue über seinen
Fall, aber er weiß sich mit allerlei Sophismen zu trösten und zieht in
Begleitung eines diabolischen Genußmenschen und eines unklaren
Schwärmers nach Italien. In Rom übertäubt er die Stimme des Gewissens durch wüsten Sinnengenuß, verführt die Unschuld,
schimpft dabei über das langweilige, ewige Einerlei und klagt über
das vergebliche Ringen nach Weisheit. Nun tritt der Verführer Andrea, der bis jetzt im Hintergrund gelauert hat, an ihn heran und
entwickelt eine niederträchtige Philosophie der Welt- und Men-
schenverachtung, der zufolge Lovell von einem Verbrechen zum
andern taumelt. Schließlich, um das klägliche Sündenregister, das
uns der Dichter mit unbarmherziger Logik zu lesen gibt, abzukür-
zen, sinkt Lovell zum falschen Spieler herab und gerät unter eine
Räuberbande, die ihn aber als einen Unfähigen ausstößt. Im tiefsten
Elend wird ihm Obdach und Unterhalt auf einem Landgut geboten,

und er will nun »durch Sorgfalt an Blumen und Bäumen wieder einbringen, was er an den Menschen verbrochen hat«. Da trifft ihn glücklicherweise die Kugel eines Rächers. Wie man sogleich sieht, ruht der Hauptfehler dieser Erfindung, deren gröbste Grundlinien Tieck einem schlüpfrigen Roman des Franzosen Rétif de la Bretonne: »Le paysan perverti«, entnahm, in der gänzlich verfehlten Charakterzeichnung der Hauptperson, die in der That nichts weiter als ein Lump ohne alle sittliche Kraft ist. Dadurch wird das Buch zu einem der widerwärtigsten unserer Litteratur, wenn wir auch den Fortschritt des Dichters in der Kunst der Seelenanalyse und seine im Grunde sittliche Absicht nicht verkennen wollen. Die äußere Technik erinnert an Richardsons Romane, an Goethes »Werther« und an Schillers »Geisterseher«; der Geist des Buches gehört Tieck allein, und darin beruht seine litterargeschichtliche Bedeutung. Lovell ist nicht Tieck, aber er zeigt uns die äußersten Konsequenzen, wohin ein zwischen rationalistischer Skepsis und unklarem Streben nach tieferer Weltanschauung schwankender Jüngling, wie Tieck war, geraten kann, wenn ihm der sittliche Halt verloren geht. Glücklicherweise war dem Dichter mehr dieses kostbarsten Gutes und dazu anstatt eines Andrea ein Wackenroder zu teil geworden, so daß er sich zur Klarheit und Heiterkeit durcharbeitete, während sein Held in verzweifelten Pessimismuns versinkt. Schon während der Ausarbeitung des »Lovell« verfaßte er eine Reihe von Schriften satirisch-humoristischen Charakters, die zwar zum Teil nur infolge äußerer Verpflichtung hingeworfen waren und den Geist der pessimistischen Weltverachtung noch keineswegs ganz überwunden hatten, die aber doch zum andern Teil unverkennbar den Übergang zu erfreulichem und selbständigem Schöpfungen bildeten.

Schon von Göttingen aus kam Tieck mit dem alten Friedrich Nicolai, dem Heros der bornierten, einseitigen Aufklärung, in Berührung. Auf einer Reise nach Wolfenbüttel, die er um Ostern 1794 mit Wackenroder unternahm, war er von Ebert und Eschenburg wohlwollend aufgenommen und mit Empfehlungen an den mächtigen Mann versehen worden; die Folge war, daß Nicolai sich bereit erklärte, Tiecks »Abdallah« und andres von ihm in Verlag zu nehmen. Nachdem nun die Freunde im Herbste desselben Jahres von Göttingen geschieden und über Hamburg, wo Tieck den großen Schauspieler Schröder kennen lernte und seine Braut besuchte, nach

Berlin zurückgekehrt waren, trat er bald in persönlichen Verkehr mit seinem Verleger. Unermüdlich predigte dieser wohlmeinende, aber beschränkte Mann trotz Sturm und Drang, trotz Goethe und Herder sein altes Evangelium von der moralischen Verbesserung der Menschen durch Befreiung von aller idealen Täuschung; mit der ganzen Dünkelhaftigkeit eines Flachkopfes drang er auf Beseitigung alles Tiefsinnigen und Genialen, das ihm das Abgeschmackte war, und auf ausschließliche Anwendung des Verstandes in allen Lebenslagen. Die sogenannte »Aufklärung«, soviel Gutes sie auch als Gegenströmung gegen die Bestrebungen der Dunkelmänner gehabt hat, ging doch im Grunde auf nichts weiter aus als auf eine Verherrlichung der korrekten, nüchternen Mittelmäßigkeit im bürgerlichen Leben wie in der Litteratur. Lange hatten die Vertreter dieser aufgeklärten Pedantenschule, geschützt durch den viel gemißbrauchten Namen Lessings, das litterarische Leben in Deutschland beherrscht, aber seit Herders, Goethes und Schillers, Kants und Fichtes Auftreten war ihr Ansehen allmählich sehr gesunken. Phantasie und Gemüt und die wahre, weltumfassende Vernunft verschafften sich wieder Geltung. Sorgenvoll musterte der große Bildungsphilister in Berlin seine Scharen und kam zu der Überzeugung, daß sich die Reihen der Streiter bedenklich lichteten. Hatte sich doch bereits in dem Hochsitze des Rationalismus selbst, in Berlin, eine Gegenpartei gebildet, die zwar noch geringen Umfang hatte, aber über einige Kräfte verfügte, welche gefährlich werden konnten und jedenfalls von sich reden machten. Es galt daher, der Sache der Aufklärung neue Kräfte zu verschaffen. Da stellte sich dem Suchenden der junge Tieck als geeigneter Helfer dar; Nicolai beschloß, ihn zu einem nützlichen Schriftsteller in seinem Sinne heranzubilden und seine Fähigkeiten sogleich praktisch zu verwerten, indem er ihm die Fortsetzung der von ihm verlegten »Straußfedern« übertrug, einer 1787 von Musäus begonnenen und von Johann Gottwerth Müller, dem Verfasser des komischen Romans »Siegfried von Lindenberg«, weitergeführten Sammlung moralisch-satirischer Erzählungen, die zugleich unterhaltend und belehrend sein sollten. Nach mündlicher Verständigung übersandte Nicolai dem neuen Jünger ganze Waschkörbe voll »Materials«, d.h. eine Menge französischer Anekdotensammlungen und leichter Erzählungen, aus denen dieser übersetzen oder bearbeiten sollte, was zweckdienlich schien. Tieck war ohne Amt und lebte von seiner Feder. Er wollte sich deshalb das Vertrauen des einflußreichen Mannes nicht verscherzen, zumal ihm als gebornen Berliner die witzelnde, blasiert-ironische Darstellungsweise, die Nicolai verlangte, nicht versagt war. Dazu kam, daß in Tieck neben einer glänzenden Einbildungskraft und einem zur Schwermut, ja zur Melancholie neigenden Gefühl ein durchdringender Verstand, ein seiner Sinn für das Lächerliche und ein unverkennbarer Hang zu mutwilligem Spott und Scherz lebte. Es mochte sich in ihm das Bedürfnis nach einem Gegengewicht gegen die wühlende, unklare Grübelei und Leidenschaftlichkeit des »Abdallah« und des »Lovell« geltend machen; er brauchte daher, wie Haym sagt, die »Diät« der pragmatisch aufklärerischen Satire als eine Kur gegen das »Lovellfieber«. Zuerst bearbeitete er (1795) drei seiner Vorlagen zu drei Erzählungen, die ganz unbedeutend, aber ganz nach dem Geschmack seines Auftraggebers waren: »Das Schicksal«, »Die männliche Mutter« und »Die Rechtsgelehrten«. Dann aber ward er der undankbaren Arbeit müde und lieferte statt der Nachahmungen eigne Erfindungen. Diese »Straußfedergeschichten« sind als Vorboten der spätem Tieckschen Novellen von Wichtigkeit, denen sie in mancher Hinsicht gar nicht fern stehen, und von denen eine der bedeutendsten, »Der junge Tischlermeister«, mit dem ersten Entwurf sogar in diese Zeit zurückreicht. Die Gewandtheit, mit der der junge Verfasser greifbare Bilder aus dem gesellschaftlichen Leben der Zeit entwirft, und der Witz, der ihm zu Gebote steht, setzen in Verwunderung; aber man vermißt nicht nur die zierliche, stilistische Ausarbeitung, sondern auch vor allem die maßvolle Gesinnung und den feinen und tiefen Humor, die die bessern seiner novellistischen Schöpfungen späterer Zeit auszeichnen. Die Satire ist zu unverdeckt, zu lieblos: mit lachendem Hohn wird die Erbärmlichkeit und Lüge der menschlichen Gesellschaft entlarvt; alle Illusionen über Tugend, Liebe u. s. w. zerreißt der dreiundzwanzigjährige Verfasser unbarmherzig. Man sieht, wohin schließlich die Nicolaische Aufklärung, jene phantasielose, nüchterne Lebensanschauung, die nur den »gesunden Menschenverstand« gelten läßt, führt. Im ganzen hat Tieck 16 Beiträge zu den »Straußfedern« geschrieben, die sich auf die Jahre 1795 98 verteilen; außer jenen nach französischen Originalen sind es die folgenden: »Die Brüder«, »Der Fremde«, »Die beiden merkwürdigsten Tage aus Siegmunds Leben«, »Ulrich der Empfindsame«, »Fermer der Geniale«, »Der Naturfreund«, »Die gelehrte Gesellschaft«, »Der Psycholog«, »Die Theegesellschaft«, »Die

Freunde«, »Der Roman in Briefen«, »Ein Tagebuch« und »Merkwürdige Lebensgeschichte Sr. Majestät Abraham Tonelli«. Außer der »Theegesellschaft«, einem flüchtig hingeworfenen einaktigen Lustspiel, und den »Freunden«, einem lieblichen Märchen, das sich in solcher Umgebung sonderbar genug ausnimmt, sind es novellistische Skizzen, die ganz im Sinne Nicolais gegen Geniesucht, Empfindsamkeit, philanthropinische Pädagogik, Phantasterei und Exzentrizität, gegen Gespenstergeschichten und Ritterromane zu Felde ziehen. Als die gelungensten können gelten: »Die beiden merkwürdigsten Tage aus Siegmunds Leben« (bei Gelegenheit der Bewerbung um ein Amt macht der junge Siegmund die Erfahrung, daß Eigennutz und Eitelkeit die Haupttriebräder in der menschlichen Gesellschaft sind, und daß man daher wohl thue, die Schwachheiten der andern klug zu benutzen, um seinen eignen Vorteil durchzusetzen), »Ulrich der Empfindsame« (Ulrich wäre durch verkehrte Erziehungsmethode, durch vorzeitiges Komödiespielen und Romanlesen verdorben worden, wenn er nicht zum Glück einem aufgeklärten Manne begegnete, der ihn zur pädagogischen Schriftstellerei anleitete) und »Fermer der Geniale« (Fermer hält sich für ein Kraftgenie, begeht alle möglichen dummen Streiche und wird schließlich zum Philister, indem er eine Küsterstochter heiratet und die verführte Jugendgeliebte mit Geld abfindet). Aus den Inhaltsangaben kann man erkennen, wie niedrig diese Geschichten in sittlicher Beziehung stehen; mit Ausnahme der letztgenannten drei kann aber auch keine auf künstlerische Haltung Anspruch erheben, und selbst diese sind nicht frei von argen stilistischen Nachlässigkeiten.

Völlig in der Art der »Straußfedergeschichten«, nur breiter angelegt, ist ferner eine Art von spaßhaft-moralischem Roman, betitelt »Peter Lebrecht, eine Geschichte ohne Abenteuerlichkeiten« (1795), der im Dienste Nicolais geschrieben, aber nicht vollendet wurde, und dessen sittliche Tendenz der Verfasser in den Satz zusammenfaßt, es solle sich ja niemand trauen lassen, ohne vorher den Taufschein seiner Braut zu sehen. In einzelnen Partien, namentlich da, wo die modernen Erziehungstheorien verspottet werden, ist echter Witz, in andern, wie der Schilderung eines unruhigen Tages, an dem dem guten Peter lauter Ärger und Verdruß begegnet, sogar wirklicher Humor vorhanden; im ganzen aber entbehrt diese Geschichte eines Hauslehrers, dem am Hochzeitstag seine Braut entführt wird, zu sehr einer interessanten Handlung und erzeugt schließlich Langeweile.

Unmöglich konnten diese platten Spiele des Witzes, im Solde eines von ihm grundverschiedenen Brotherrn gefertigt, dem phantasievollen, lebhaft empfindenden jungen Mann genügen, der sich an Shakespeare und Goethe begeistert hatte und mit einem idealen Gemüt wie Wackenroder nach wie vor im innigsten Seelenbund stand. Diesem war es gelungen, seinen Freund mit einer lebhaften Teilnahme für die ältere deutsche Litteratur zu erfüllen. Insbesondere waren es die lange verachteten sogenannten *Volksbücher,* jene auf Löschpapier gedruckten, in Jahrmarktsbuden feilgebotenen Geschichten, deren tiefpoetischen Wert und kernige Gesundheit er mit Rührung und innigem Behagen erkannte und mit Nachdruck pries. Wie Herder auf das Volkslied, so hat Tieck zuerst auf die in ungerechte Geringschätzung gefallenen Volksbücher hingewiesen. Schon im »Peter Lebrecht« warnt er, jene Schriften zu verspotten, die von alten Weibern auf der Straße für einen oder zwei Groschen verkauft würden, und wagt die Behauptung, daß sie mehr wahre Erfindung hätten und viel reiner und besser geschrieben seien als die modischen Ritterromane der Zeit. In »Karl von Berneck« schaltete er eine Erzählung aus den »Haymonskindern« ein, und im folgenden Jahre (1796) redete er in der unten zu besprechenden »Geschichtschronik der Schildbürger« abermals ein warmes Wort für die »alten sogenannten Scharteken«, in denen eine solche Kraft der Poesie stecke, daß sie beim Volke sowie bei jedem poetischen Menschen noch lange in Ansehen bleiben würden. Tieck hat sich unzweifelhaft um jene guten alten Geschichten ein großes Verdienst erworben, indem er sie durch seinen schönen Eifer auch unter den Gebildeten wieder zu Ehren brachte; er hat aber auch seinerseits aus ihnen reichen Gewinn, Frische und Gesundheit für seine dichterische Thätigkeit gezogen. Mit seiner feinen »Fühlbarkeit« erkannte er schnell, welch ein Schatz von Poesie hier zu heben sei. Schon 1796 bearbeitete er die Geschichte von den Haymonskindern in einer schlichten Nacherzählung, schmückte die »Liebesgeschichte der schönen Magelone« mit vielen hübschen Liedern aus und benutzte das Volksbuch von den Schildbürgern zur Anknüpfung moderner Satire; 1799 dichtete er sein großes Drama von der heiligen Genoveva, 1800 folgte die Nacherzählung der »Historie von der Melusine«, von 1801 1803 schrieb er das Doppeldrama vom Kaiser Octavianus, 1803 den Anfang einer dramatischen »Magelone«, 1807 den einer ebenfalls dramatisierten »Melusine« und am Ausgang seiner romantischen Dichtung steht wiederum ein Doppeldrama, der 1815 und 1816 verfaßte »Fortunat«. Man sieht, wie nachhaltig und reich die Wirkung der Volksbücher auf Tiecks poetisches Schaffen war.

Doch nicht allein in ihnen fand er seinem Genius verjüngende Quellen: auch in die Wunderwelt der alten Märchen und Sagen drang er ein und versenkte sich in die mittelalterliche Kunst. So entstand schon in demselben Jahre, in dem er den »Lovell« beendete und die meisten »Straußfederngeschichten« schrieb, eine Reihe von Werken, die auf ganz anderm Boden wie jene erwachsen und in ganz anderm Sinne geschaffen waren, Werke, die den Dichter zum erstenmal in seiner unverhüllten Eigenart zeigen und als die ersten Blüten der romantischen Poesie in Deutschland bezeichnet werden können. Keine dieser Dichtungen, so verschieden sie untereinander sind, zeigt eine Spur von der grüblerischen, unklaren Leidenschaftlichkeit des »Lovell« oder von der kalten Schärfe und der rationalistischen Blasiertheit der »Straußfederngeschichten«. Ihr Verfasser ruhte sich an ihnen von jenen beiden Extremen aus und fand seiner zerfasernden Thätigkeit ein bis jetzt unbekanntes Zentrum.

Die Leichtigkeit, mit der der Dichter wie ein genialer Improvisator seine Erzeugnisse hervorbrachte, grenzt ans Unglaubliche. »Fast in *einem* Abend« ist das Drama » *Ritter Blaubart*. Ein Ammenmärchen in vier Akten« (1796) geschrieben. Es ist die zuerst von Perrault in seinen »Contes de ma mère l'Oie« erzählte, dann in zahllosen Märchenbüchern wiederholte gruselige Geschichte von dem grimmigen Weibermörder Blaubart und seiner Blutkammer. Als Muster für die dramatische Form schwebten dem Verfasser außer Shakespeare Goethes und Schillers Jugenddramen und die Stücke von Lenz und Klinger vor, von denen er noch in reifen Jahren urteilte, daß sie den Stempel deutschen Geistes trügen und eine bessere Grundlage zu einem deutschen Nationaltheater hätten werden können als die spätern Kunstdichtungen der beiden Heroen in Weimar. Tiecks Stück zeichnet sich durch sorgfältig abgestufte Charakterzeichnung und in einzelnen Szenen durch eine ganz hervorragende tragische Gewalt der Darstellung aus. So gehören vor allem die Szenen, wo sich die Neugier der jungen Gattin des Ritters nach dem verbotenen Zimmer bis zum unwiderstehlichen Gelüste steigert, wo sie ihren Eintritt in die Blutkammer schildert, wo sie in fieberhafter Angst und mit zerrütteter Phantasie der Rückkehr des Gemahls, dessen Verbot sie übertreten hat, entgegenbebt, wo dieser heim kommt und sie ihn zu täuschen, den letzten gräßlichen Augenblick hinauszuschieben sucht, bis endlich die Hilfe naht, unzweifelhaft zum Packendsten, was unsre Poesie besitzt. Leider aber hat sich der Dichter selbst mutwillig um die reine Wirkung dieser wahrhaft hinreißenden Szenen betrogen, denn vor und zwischen sie hat er andre gestellt, die mit jenen nur in losem oder in gar keinem innern Zusammenhang stehen; nicht genug, daß sich in ihnen (man merkt das mißverstandene Vorbild Shakespeares) eine Anzahl überflüssiger episodischer Figuren herumtreibt, Tieck hat auch durch eine ganz unpassende Ironie eine schillernde, zwiespältige Farbe hineingebracht. Er wollte zwar keineswegs, wie einige Litteraturgeschichtenschreiber behaupten, eine Parodie auf die abgeschmackten Ritterstücke der Zeit liefern, aber überall finden sich in den komischen Partien Anspielungen und versteckte satirische Ausfälle gegen die »korrekten Poeten«, gegen die breiten und seichten Popularphilosophen, gegen Fichtes Philosophie etc., und dadurch wird unsre Unbefangenheit empfindlich gestört; wir wissen schließlich nicht mehr, was wir für tragischen Ernst, was für harmlose Märchenlaune, was für Satire nehmen sollen. Trotz der trefflichsten Einzelheiten vermißt man Einheit der Motive, des Kolorits und der Kunstform. Neben der Fähigkeit, sich tief in poetische Stimmung zu versenken, bemerken wir schon hier die später von den Romantikern so geflissentlich gepflegte Neigung, die Gestalten der eignen Phantasie zu persiflieren und dadurch zu vernichten, jene tolle Laune, die man gewöhnlich mit dem Namen der *romantischen Ironie* bezeichnet. Tieck und seine litterarischen Mitstreiter haben sich auf diese Ironie viel zu gute gethan und sie philosophisch zu begründen gesucht, ja sie haben sie als den höchsten Gipfel aller Kunst gepriesen und sich auf Shakespeares Beispiel berufen. Aber wenn Tieck auch die wahre künstlerische Ironie ganz richtig als »jene letzte Vollendung eines Kunstwerks, jenen Äthergeist, der befriedigt und unbefangen über dem Ganzen schwebt«, zu definieren wußte, so hat er wie die andern Romantiker in der Praxis doch nur zu häufig ihren Begriff in Selbstparodierung und absichtliche Zerstörung aller Illusion verzerrt. Nie wird es Shakespeare einfallen (wie die Romantiker es *so oft* gethan haben), einen Zweifel an der Wirklichkeit seiner dramatischen Personen zu erregen. Es kann nicht genug bedauert werden, daß Tiecks reiches Talent sich seine Wirksamkeit durch eine falsche Theorie selbst verkümmert und mehrere seiner genialsten Schöpfungen für unbefangene Leser ungenießbar gemacht hat.

Völlig ledig dieser falschen Ironie aber, ein geschlossenes kleines Kunstwerk von hoher Formschönheit ist die als »Märchen« bezeichnete, frei erfundene phantastische Erzählung »Der blonde Eckbert«, deren Entstehung demselben Jahr wie die des »Blaubart« angehört. Von Haus aus lag in Tieck ein tiefer Hang zu mystischer Naturbetrachtung, eine von geheimem Grauen begleitete, süße Lust, alle schauerlichen und köstlichen Geheimnisse des Naturlebens und ihre rätselvollen Beziehungen zum Menschenleben zu ergründen und dichterisch darzustellen. Mit voller Stärke und Glut der Phantasie bewährt sich die Fähigkeit des Dichters, die tiefsten, düstersten Gewalten der Natur heraufzubeschwören, erst in zwei spätem Märchen; zum erstenmal aber, ergreifend und doch gemildert durch die Gewalt einer melodisch dahinfließenden Sprache, zeigt sie sich im »Eckbert«. Warnend, lockend, führend und verführend verkehren hier die Naturgeister mit den Sterblichen; alle lieblichen und ängstlichen Wunder der Waldeinsamkeit spielen in die einfache Handlung hinein. Ritter Eckbert lebt in kinderloser Ehe mit seiner Frau Bertha auf einem einsamen Schlosse; nur ein Freund, Namens Walter, besucht die Weltabgeschiedenen öfters. Diesem und ihrem Gatten erzählt Bertha eines Nachts ihre Geschichte. Armen Hirten, ihren überstrengen Eltern, entlaufend, ist sie als Kind zu einer im wilden Walde hausenden Alten gekommen und hat in deren Hütte, in ihrer Gesellschaft und der eines Hündchens und eines wunderbaren Vogels jahrelang einförmig, aber zufrieden dahingelebt. Da vertraut ihr die Alte, daß der Vogel jeden Tag ein Ei lege, in dem ein Edelstein enthalten sei, und gebietet ihr, die Eier zu sammeln, während sie selber fern weile. Zu wiederholten Malen wartet Bertha dieses Amtes. Als aber die Alte einst wieder auf Monate fortgezogen ist, da werden in der Einsamen sehnsüchtige Vorstellungen von Weltgenuß und schönen Rittern übermächtig; sie entflieht mit dem Gefühl, daß sie unrecht thue. Den bellenden Hund bindet sie an, den Käfig mit dem Vogel nebst den gesammel-

ten Edelsteinen nimmt sie mit sich. Zu ihrem Schrecken beginnt
aber der Vogel ein wundersames kleines Lied von der Waldeinsamkeit, das er immer gesungen hat, jetzt in veränderter Gestalt. »O
dich gereut einst mit der Zeit!« wiederholt er unermüdlich. Da er-
würgt sie den lästigen Sänger. Nun glaubt sie sich beruhigt, sie lebt
von ihren Schätzen und gewinnt die Liebe des blonden Eckbert,
dessen Weib sie wird. So erzählt Bertha. Da spricht Walter wie zufällig den Namen jenes Hundes aus, auf den sie sich nie wieder hat
besinnen können. Grauen vor dem Manne ergreift sie, und auch
Eckbert wird von dem Gedanken gequält, daß Walter von seinem
und seiner Gattin Geheimnis wisse. Seine Freundschaft verwandelt
sich in Mißtrauen und Haß. Er erschießt den Freund im Walde.
Inzwischen stirbt Bertha in Angst und Seelenpein. Einsam und ver-
düstert haust Eckbert auf seinem Schlosse. Nach einiger Zeit
schließt sich ein junger Ritter, Namens Hugo, freundschaftlich an
ihn an. Ihm vertraut Eckbert seine Geschichte. Aber alsbald erwacht
auch wieder der Argwohn; und wie er Hugo ins Antlitz schaut,
glaubt er des gemordeten Walter Züge zu erkennen. Er enteilt und
irrt auf seinem Rosse im Walde umher. Ein Bauer begegnet ihm, der
ihm den Weg weist. Es ist wiederum kein andrer als Walter. Voll
Grausen wandert er zu Fuß weiter. Da liegt auf einmal die Gegend
im Walde vor ihm, wie Bertha sie geschildert hat. Er hört den Vogel
singen, das Hündchen bellen; die Alte schleicht hüstelnd herbei und
entdeckt ihm, daß niemand als sie sein Freund Walter und sein
Hugo, und daß Bertha seine Schwester gewesen sei. Da stürzt Eckbert wahnsinnig zur Erde und stirbt. Mag auch das eigentümlich
Beklemmende dieser Erzählung, das darin liegt, daß das »unmittelbare Hineinragen des Wunderbaren in die gewöhnliche, natürliche
Wirklichkeit als eine grauenvolle Unsicherheit« empfunden wird,
der Naivität des echten Märchens nicht entsprechen, so wird sich
doch niemand der magischen Gewalt der Dichtung entziehen können.

In demselben Jahre (1796) schrieb Tieck die » *Geschichte von den
Heymonskindern*«, in derer sich dem Original treu anschließt und
kein andres Verdienst in Anspruch nimmt als das eines mit Ge-
schick kürzenden und glättenden Nacherzählers. Weit freier schal-
tet er mit seiner Vorlage in der » *Wundersamen Liebesgeschichte der
schönen Magelone und des Grafen Peter von Provence*«. Der schlichte,

altväterische Ton hat einem ziemlich gezierten, minniglich-ritterlichen Platz gemacht, der ursprüngliche, rührende Schluß ist aus übel angebrachter Zimperlichkeit ganz geändert. Tieck selber hat später über dieses Produkt abfällig geurteilt und der alten Erzählung den Preis zugesprochen. Wenn es bei seinem Erscheinen den lebhaften Beifall selbst eines Wilhelm Schlegel fand, so verdankt es ihn vorzugsweise den zahlreichen eingestreuten Liedern, die zwar zum Teil sehr hübsch sind, zum Teil aber auch die Fehler zeigen, die der *Tieckschen Lyrik* fast überall anhaften, und die meistens auf die irrige Ansicht zurückzuführen sind, daß die Dichtung wie die Musik Empfindungen unmittelbar durch den bloßen Klang auf den Hörenden übertragen könne, während sie doch nur durch Vermittlung von Anschauungen zu wirken vermag. Daher liegt in dem Mangel an greifbaren Situationen, bestimmten Gestalten und klaren Anlässen der Hauptfehler von Tiecks Lyrik, den auch die andern ältern Romantiker, von derselben falschen Doktrin ausgehend, teilen. »Warum soll eben den Inhalt eines Gedichtes ausmachen?« läßt Tieck eine Person im »Sternbald« ausrufen, in der Meinung, zu einem lyrischen Gedicht genüge die bloße Stimmung. Kein Wunder, wenn uns diese Lyrik inhaltleer erscheint. Dazu kommt aber nicht selten noch ein äußerlicher Mangel, Tieck ist der poetischen Form niemals so völlig Herr geworden wie der prosaischen: entweder war sein Gefühl für Schönheit des Verses und Rhythmus nicht von so großer Feinheit wie z. B, das August Wilhelm Schlegels, dem er gewöhnlich als Meister der Form zur Seite gestellt wird, und von dem die Rahel einmal sagte, er habe ein Sieb im Ohre, das nichts Schlechtes durchlasse, oder er konnte die Unlust nicht überwinden, das einmal in leichtem Wurfe fertig Gewordene einer letzten Feile zu unterwerfen. Viele seiner lyrischen Poesien erscheinen als Stegreifdichtungen, denen der nötige Schliff fehlt, während allerdings andre durch den herrlichsten Wohllaut entzücken, nämlich solche, bei denen sein graziöses Talent gleich beim ersten Wurfe etwas Vollendetes mühelos fand.

Sind in der »Magelone« die Grundzüge der Handlung und viele Einzelheiten der Vorlage immerhin festgehalten, so hat die » *Denkwürdige Geschichtschronik der Schildbürger*« mit dem bekannten Volksbuch wenig mehr als den Namen gemein. Der Verfasser benutzt dieses nur als Ausgangspunkt für eine Parodie im modernen

Sinne, in der der Aufklärung, insbesondere der seichten »Nützlich-keitstheorie in der damaligen Litteratur und auf dem Theater«, ganz unverhohlen der Krieg erklärt und mit beißendem Spott zu Leibe gegangen wird. Neben den satirischen Ausfällen erfreuen aber auch ganz harmlos komische Partien. Künstlich z. B. ist die Geschichte von dem Schildbürger, den die republikanisch gewordene Gemein-de, um einen fremden König zu ärgern, als Diogenes in der Tonne angestellt hat, der aber, als der König die bekannte Alexanderfrage an ihn richtet, seine Rolle vergißt und, statt als Diogenes um etwas Sonne, als praktischer Mann um 1000 Thaler bittet. Kurz, es spricht aus manchen Kapiteln ein so behaglicher, echter Humor, das; man fast wünschen möchte, der Verfasser hätte die Polemik gegen in-zwischen längst vergessene Thorheiten seiner Zeit ganz beiseite gelassen.

Die »Schildbürger« bilden den Schluß einer dreibändigen Samm-lung Tieckscher Dichtungen, die unter dem Titel » *Volksmärchen, herausgegeben von Peter Leberecht*« 1797 zu Berlin im Verlag des jün-gern Nicolai erschienen. Man müßte sich wundern, daß dieser, der ganz im Fahrwasser seines Vaters segelte, schon die ersten Bände (welche den »Blaubart«, »Eckbert«, »Die Heymonskinder«, den später zu besprechenden »Gestiefelten Kater«, die »Magelone« und einen »Prolog«, einen heitern anspruchslosen Schwank in Hans Sachsisch-Goethescher Manier enthalten) nicht ablehnte, wenn nicht die Vermutung nahe läge, daß er die Tendenz dieser Dichtungen mißverstanden und in *seinem* Sinne gedeutet hätte. Der dritte Band, in dem der »Karl von Berneck« und die »Schildbürger« stehen, öff-nete ihm jedoch die Augen und bewog ihn zu der beigedruckten Erklärung, daß er nicht der Verfasser dieses Buches sei, vielmehr den Inhalt desselben erst nach dem Abdruck kennen gelernt habe. Offenbar hatte er von Tieck ein Seitenstück zu den beliebten, ratio-nalistisch angehauchten, im Tone lachender Überlegenheit gehalte-nen »Volksmärchen« von Musäus erwartet. Jetzt ward er den offen-baren Abfall des scheinbaren Parteigängers endlich gewahr. Trotz-dem kam es noch nicht zum Bruche, da der ältere Nicolai mit dem Fortsetzer der »Straußfedern« zufrieden war. Man wird die Vielsei-tigkeit des jungen Dichters bewundern müssen, der neben so ver-schiedenartigen Produkten noch an einem Buche thätigen Anteil nahm, welches einen sowohl von den »Straußfedern« als von den

»Volksmärchen« grundverschiedenen Charakter trägt. In dem gleichen Jahre wie die besprochenen Dichtungen sind nämlich Wackenroders » Herzensergießungen eines kunstsinnigen Klosterbruders« geschrieben, zu denen Tieck etwa ein Siebentel beisteuerte, wobei er sich ganz in die Art und Weise seines Freundes versetzte. Eine Reise, die er mit diesem zusammen im Sommer 1796 nach Dresden unternahm, hatte zu der Bewunderung der altdeutschen Kunst die der italienischen Renaissance gesellt. Der sanfte, schwärmerische Wackenroder hatte schon vorher einige Versuche aufgezeichnet, in denen er seine Ansichten über Kunst in Gespräche, Briefe und Erzählungen einkleidete. Tieck als geübter Schriftsteller übernahm die Überarbeitung derselben, und beide Freunde fügten neue Abschnitte hinzu. So entstanden die »Herzensergießungen«. »Es sind«, sagt Minor, »Künstlergeschichten aus der Zeit des wiedererwachenden Kunstenthusiasmus, der italienischen und deutschen Renaissance, unter verschiedener Einkleidung größtenteils dem Vasari nacherzählt. Der Ausblick auf die Gegenwart, der Gegensatz zwischen jener schönen Zeit und dem kunstlosen traurigen Heute, verrät sich allenthalben durch verstohlene Seufzer.« Die Stücke Wackenroders sind kindlicher, inniger, die Tiecks glänzender und leidenschaftlicher. »Was die Kunstansichten betrifft, so tritt die Übereinstimmung mit dem Sturm und Drang, besonders mit den ›Blättern von deutscher Art und Kunst‹, auf den ersten Blick hervor. Mit Herder und Goethe wollen Wackenroder und Tieck der altdeutschen Kunst, jene der altdeutschen Baukunst, diese der altdeutschen Malerei, zu ihrem Rechte verhelfen.« Nur sind Wackenroder und Tieck weniger einseitig als ihre großen Vorgänger, insofern sie sich auch für die Schönheit der italienischen Kunst neben der der deutschen einen offenen Sinn bewahrt haben. Und noch in einem andern Punkte gehen sie über jene hinaus, freilich nicht zum Vorteil der klaren Kunsterkenntnis. »Wie Hamann am Anfange der Geniezeit, verbinden Wackenroder und Tieck am Anfange der Romantik die beiden Begriffe von Glauben und Genius: der eine ist so undefinierbar und rätselhaft wie der andere. Das Göttliche im Leben und in der Kunst muß man erst glauben, dann verstehen; ja das, was man so gemeiniglich verstehen nennt, ist hier überhaupt überflüssig. Die Begriffe von Kunst und Religion zerrinnen auf diesem Wege ineinander. Die Kunst, deren stehende Beiwörter in den ›Herzensergießungen‹ ›heilig‹ und ›göttlich‹ sind, wird zur Religion, die Kunstbetrachtung zur

Andacht.« Diese bei Wackenroder aus tiefstem Herzen kommende, bei Tieck mehr anempfundene, mystische Kunstandacht war ein notwendiger, ja heilsamer Rückschlag gegen die nüchterne, zergliedernde Behandlung künstlerischer Gegenstände durch die Rationalisten. Aber wenn Wackenroder auch mit Recht gegen den poesielosen Systemglauben, gegen die »Intoleranz des Verstandes« polemisiert, so ist sein Satz: »Aberglaube ist besser als Systemglaube« doch schon bedenklich, und klar erkennt man bereits die Wege, die die spätere Romantik einschlug, wenn Tieck einen Maler zum Katholizismus übertreten und diesen Schritt damit motivieren läßt, daß man ein hohes Bild nicht recht verstehen und »mit seliger Andacht« betrachten könne, ohne in diesem Momente das Dargestellte zu *glauben.*

Die Vielseitigkeit und der Reichtum von Tiecks schriftstellerischen Leistungen in dieser Zeit erklärt sich einigermaßen aus seiner Lebensstellung. Er hatte kein Brotstudium betrieben, durch das er sich zu irgend einem öffentlichen Amt geschickt gemacht hätte. Seine ästhetischen und literarischen Studien hatten ihn aber zu seinem Schriftstellerberuf vorbereitet. Die Leichtigkeit, mit der er produzierte, erfüllte ihn mit dem Vertrauen, von seinem Talent leben zu können. Er war Litterat geworden, um es Zeit seines Lebens zu bleiben. So oft ihm auch späterhin die Gelegenheit geboten wurde, ein festes Amt zu erlangen, so konnte er sich doch nicht dazu entschließen, sich zu binden; selbst die Stellung als Dramaturg, die er nachmals lange am Dresdener Theater bekleidete, war keine derartige, daß sie ihn am freien Dienste der Muse gehindert hätte. Damals in Berlin vollends lebte er ganz und gar litterarischen Beschäftigungen, er lebte, um zu schreiben, und schrieb im Solde Nicolais um zu leben. Von schmächtigem Körperbau, aber schön und gesund, ein Bild blühender Jugend, genoß er ein freies, außerordentlich anregendes Leben. Um ungebunden und ungestört zu sein, bezog er mit seiner Schwester Sophie eine Sommerwohnung vor dem Rosenthaler Thore in Berlin, wo die Geschwister während der Jahre 1795 und 1796 ein heiteres, poetisches Dasein führten. Ein Kreis geistvoller Freunde fand sich schnell zusammen, unter denen außer Wackenroder besonders Tiecks Bruder Friedrich, Bernhardi, der Komponist Wessely und der junge Arzt Bing zu erwähnen sind. Mit Rambach kam Tieck nur noch durch Vermittelung Bernhardis zusammen, dem er für eine von Ramblach herausgegebene, ziemlich mittelmäßige Zeitschrift, »Berlinisches Archiv der Zeit und ihres Geschmacks«, eine unbedeutende kleine Ritter- und Geistergeschichte: » *Die Versöhnung*«, und eine flüchtig hingeworfene » *Rezension der neuesten Musenalmanache und Taschenbücher*« (für das Jahr 1796) überließ, die mehr von einem oft recht feinen Gefühl als von sicherer Einsicht zeugt. Zwei Jahre später lieferte er, wiederum auf Bernhardis Rechnung, einen zweiten gleichnamigen Aufsatz in das »Archiv«, der hoch über jenem ersten steht und bereits den Einfluß zweier eminent kritisch begabter Männer, der Brüder Schlegel, verrät. Ehe ihm diese aber nahetraten, sollte für jetzt noch einige Zeit vergehen.

In Tiecks Freundeskreise lebte ein Geist, der der in Berlin noch immer dominierenden Nicolaischen Aufklärung gerade entgegengesetzt war und sich namentlich in der bewundernden Vertiefung in Goethes Poesie kundthat; es war aber nicht der einzige Kreis, der Goethes Namen auf seine Fahne geschrieben hatte. Zwar war Reichardt längst von Berlin geschieden und Moritz gestorben, aber einige geistvolle und feingebildete Jüdinnen, wie Rahel Levin, Dorothea Veit und Henriette Herz, übten ihren weitreichenden Einfluß als Verkünderinnen der neuen Poesie siegreich aus, und Tieck kam auch mit ihnen durch den Zutritt in Rahels Haus in geselligen oder litterarischen Verkehr. Auch die persönliche Bekanntschaft des großen Mimen Fleck und durch ihn die des genialen Bildhauers Schadow und des Musikers Zelter machte er in derselben Zeit.

Tiecks Interesse an der Schaubühne war so lebhaft wie sein Widerwille gegen die Auswüchse und Modethorheiten auf theatralischem Gebiet, gegen Ifflands Effekthascherei, gegen Böttigers kindische Bewunderung des ebengenannten Schauspielers, gegen die albernen Rührstücke Ifflands und Kotzebues, gegen den übertriebenen Aufwand von Dekorationen, Balletts und allerlei Knalleffekten in der Oper und gegen die Unfähigkeit des aufgeklärten Berliner Publikums, ein gesundes Urteil zu fällen. Jenem Interesse und dieser Abneigung entsprang nun im Jahre 1797 eine der frischesten Blüten von Tiecks Humor: » *Der gestiefelte Kater. Kindermärchen in drei Akten, mit Zwischenspielen, einem Prolog und Epilog*«. Der Stoff, aus Perraults berühmtem Märchenbuch entnommen, ist bekannt. Bei der Erbteilung ist dem jüngsten von drei Brüdern, dem guten Gottlieb, nur ein Kater zugefallen. Dieser will nun seinem Besitzer beweisen, daß er nicht das schlechteste Stück geerbt hat. Er gelobt Gottlieb treue Anhänglichkeit und verspricht, ihm einen Königsthron zu verschaffen. Mit Hilfe einiger Kaninchen, die Hinze, der Kater, dem feinschmeckenden »König« im Namen des Grafen von Carabas so nennt sich Gottlieb überbringt, erwirbt er diesem die Gunst des Königs und weiß es durch allerhand kluge Streiche dahin zu bringen, daß Gottlieb schließlich die Hand der Prinzessin erhält und Thronfolger wird. Diese kindliche Geschichte wird mit dem behaglichsten Humor in Szene gesetzt. Der schlaue Hinze mit seiner eigentümlichen Mischung von Menschen- und Katzennatur, der gutmütige König mit seiner astronomischen und geographischen Unwissenheit und seinem vortrefflichen Appetit, die ästhetisch sentimentale Prinzessin, der einfältige Gottlieb, dem alles Glück ohne sein Zuthun in den Schoß fällt, ja selbst die Nebenpersonen sind allerliebst charakterisiert. Aber das lustige Kindermärchen ist dem Verfasser nicht Selbstzweck, sondern nur der Rahmen, innerhalb dessen er seiner satirischen Laune gegen die oben erwähnten Mißstände in der Theaterwelt und im Publikum die Zügel schießen läßt. Denn Tieck hat mit einer Ironie, die hier ganz am Platze ist, nicht nur in die Zeichnung einiger Charaktere und in die Reden der märchenhaften Personen eine Menge polemischer Anspielungen verflochten, er hat auch das leibhaftige Berliner Publikum, ja sogar den »Dichter«, die Schauspieler als solche und den Maschinisten redend und handelnd eingeführt, woraus denn ein toller Wirrwarr entsteht. Auch diese Dichtung, zwar nicht die älteste, aber die beste unter Tiecks satirischen Komödien, ist mit erstaunlicher Leichtigkeit »fast in *einem* Abend« hingeworfen. (Eine ältere erwähnen wir hier nur als Vorläufer des »Katers«, die witzige, aber ganz flüchtige Improvisation » *Hanswurst als Emigrant*« [1795], einen erst nach des Verfassers Tode veröffentlichten Schwank, in welchem der von Gottsched geächtete Hanswurst wieder eingesetzt und das französische Emigrantentum mit seiner hochmütigen Armseligkeit verspottet wird.) Es liegt auf der Hand, daß bei solcher Entstehungsart wohl ein hochergötzliches Stück Humors zu Tage kommen konnte, aber kein großartiges Kunstwerk wie die Komödien des Aristophanes, mit denen übereifrige Bewunderer den »Gestiefelten Kater« verglichen haben.

Eine umfangreichere Dichtung, in der die Scherze zwischen Dichter, Schauspielern und Publikum und die litterarischen Ausfälle und Anspielungen wiederkehren, und die von Tieck geradezu als »gewissermaßen eine Fortsetzung des ›Gestiefelten Katers‹« bezeichnet wurde, ist das »Spiel« (später »deutsche Lustspiel«) in sechs Aufzügen » *Prinz Zerbino oder die Reise nach dem guten Geschmack*«, dessen Vollendung zwar erst 1798 erfolgte, von dem aber der größere Teil bereits in den beiden vorhergehenden Jahren ungefähr gleichzeitig mit dem »Kater«, aber nicht schnell und in einem Zuge wie dieser, sondern langsam und mit häufigen Unterbrechungen niedergeschrieben wurde. Wenn der Dichter im »Kater« einmal dem Publikum eröffnet: »Ich wollte Sie durch gegenwärtiges Stück nur vorerst zu noch ausschweifendern Geburten der Phantasie vorbereiten; denn stufenweise nur kann die Ausbildung geschehen, die den Geist des Phantastischen und Humoristischen lieben lehrt«, so deutet er damit direkt auf den »Zerbino«, und er hat in diesem allerdings die letzten Konsequenzen der im »Kater« zuerst hervortretenden poetisch-polemischen Ideen gezogen. Es ist richtig, daß der »Zerbino« den »Kater« an Vielseitigkeit der Satire und Tiefe des Humors weit übertrifft. »Die ganze Summe der negativen, will sagen antipoetischen Elemente der Zeit wird zur Ausstellung gebracht: die Aufklärung im ganzen und in ihren einzelnen Richtungen, die geistlose ästhetische Kritik, die Soldatenliebhaberei und der Gamaschendienst, die akademische Gelehrsamkeit, die rigoristische Metrik und Prosodik, die ›Allgemeine Litteraturzeitung‹ und das Journalwesen, die falsche Allegoristerei, die Nicolaischen Reisebeschreibungen, das Zauber- und Teufelswesen der Moderomane, die Empfindsamkeit und der Philanthropismus, das ›menschheitschwächenbessernde‹ Theater u. s. w.« (Haym.) Auch an poetischem Gehalt steht »Zerbino« hoch über dem »Kater«; die eingeflochtenen ernsten Partien sind teils voll weicher, schöner Stimmung, teils von einer zauberhaften Phantastik, die manchmal unwillkürlich gefangen nimmt. Aber alle diese Vorzüge werden in ihrer Wirkung paralysiert durch die Maßlosigkeit, mit der der Dichter in Humor, Satire und Phantastik schwelgt. In dem bescheidenen Umfange des »Gestiefelten Katers« gefällt der humoristische Übermut, mit Behagen folgen wir dem Raketenfeuerwerk des Witzes, denn es ermüdet nicht durch allzu lange Dauer. Der »Zerbino« aber füllt in der Ausgabe der »Schriften« einen Band von 381 Seiten! Die Handlung

knüpft an die des »Katers« an. Gottlieb ist König geworden, Hinze
sein erster Minister, der Hanswurst Hofrat. Alle schwärmen für
Aufklärung und Menschenwohl. Aber Gottliebs Sohn, der Prinz
Zerbino, ist leider mit allzuviel Phantasie behaftet und liegt an Ner-
venüberreizung krank, und der alte König, sein Großvater mütterli-
cherseits, ist kindisch geworden und spielt mit Bleisoldaten. Ein
wilder Zauberer, Namens Polykomikus, der eigentlich mit dem
Teufel im Bunde stand, sich aber jetzt auf Moral geworfen hat, soll
dem Prinzen helfen, erklärt die Krankheit für ein Werk Satans, verwandelt Zerbino durch Zauberei in einen »hoffnungsvollen jungen
Menschen« und verordnet ihm als Kur, so lange zu reisen, bis er
den guten Geschmack finde. So begibt sich Zerbino seufzend auf
die Reise in Begleitung seines alten Bedienten Nestor und des ver-
nünftigen Hundes Stallmeister. Letzterer läuft im Walde davon,
und Nestor geht, ihn zu suchen; Zerbino zieht seines Weges; so
wandern alle drei verschiedene Straßen. Dies geschieht im vierten
Akt, in dem Zerbino und Stallmeister mehrmals wieder auftauchen;
der fünfte Aufzug bringt auch Nestor zum Vorschein. Er hat weder
Prinz, noch Hund, noch Geschmack gefunden, schimpft auf das
verderbte Zeitalter und sehnt sich nach einem angenehmen Landle-
ben »im Schoß einer wohlerzogenen Familie, am Busen der Freundschaft und Liebe, an der Seite des ›Hamburger Korrespondenten‹
mit seinen Beilagen«. Da wird es ihm sonderbar zu Mute, es ist ihm,
als hinge ein andrer Himmel über ihm, als wehten andre Lüfte,
kaum daß er sich enthalten kann, ein Lied zu singen. Ein Schäfer,
der ihm begegnet, erzählt ihm, er sei hier nahe bei dem Garten der
Poesie, der ihm zu einem Besuch offen stehe. Nachdem sich Nestor
durch Lektüre im »Sebaldus Nothanker«, dem bekannten rationalistischen Roman Nicolais, gegen den Einfluß des poetischen Unsinns
gestärkt hat, beschreibt der Schäfer den Garten in glanzvollen Ver-
sen, worauf Nestor denselben betritt. Hier vernimmt er die Reden
des Waldes, der Blumen und Gebüsche, des Vogelgesangs, ja des
Himmelblaus, die ihm natürlich höchst albern vorkommen, dann
treten zuerst die Göttin selbst, später die Dichter Dante, Ariost,
Petrarca, Tasso, Cervantes, Hans Sachs und Sophokles an ihn heran,
die Nestor der Reihe nach in seiner beschränkten, nüchternen Weise
kritisiert. Zuletzt wird er von zwei Genien in ein Zimmer geführt,
wo für ihn passende Genüsse bereitet sind, nämlich ausgezeichnetes
Essen und Trinken; Tisch, Stuhl und andre Möbel, ja selbst Braten

und Schüsseln fangen an zu reden, was ihn aber nicht stört. Ärgerlich wird er erst, als auch die verschiedenen Musikinstrumente, schließlich sogar das verhaßte Waldhorn mitsprechen. Zerbino hat sich inzwischen im Gebirge verirrt, wo die Quellen, der Strom, der Sturm und die Berggeister zu ihm reden. Den tief Ergriffenen richtet Shakespeare, der in göttlicher Gestalt von den Bergen heruntersteigt, durch gütiges Zureden wieder auf. Während Stallmeister an den Königshof kommt und hier als Verbreiter der Aufklärung angestellt wird, gerät Zerbino in eine Theegesellschaft, wo er mit Nestor zusammentrifft. Keiner von beiden hat den guten Geschmack gefunden, denn selbst an Shakespeare findet Zerbino doch zu viel Roheit. Auf einer freien Sandfläche mit Aussicht auf Heidekraut treffen Zerbino und Nestor einen aufgeklärten Poeten, der sie nach der »Residenz« führt, wo er ihnen den guten Geschmack zu zeigen verspricht. Aber die nächste Szene beweist, daß sie ihn doch nicht gefunden haben. Zerbino ist rasend darüber; Nestors Trost, sie hätten ihn vielleicht längst gefunden und wüßten es nur nicht, verfängt nicht bei ihm. Und nun macht die tolle Laune des Dichters die unglaublichsten Sprünge. Zerbino beschließt, in dem Stück selbst, d. h. im »Zerbino«, den guten Geschmack zu suchen und dasselbe zu diesem Behuf zurückzudrehen. Er und Nestor machen sich ans Werk. Verschiedene Nebenpersonen treten verwundert wieder auf; auf ihr Hilferufen kommt der Verfasser herbeigelaufen, Setzer, Leser und Kritiker eilen herzu. Zerbino ringt mit dem Verfasser, wirft zuerst ihn zu Boden, wird dann aber von ihm überwältigt und abgeführt. In einer der folgenden Szenen kehren die Reisenden unverrichteter Dinge an den Hof zurück, wo die Aufklärung in voller Blüte steht; da sie den Stallmeister für einen Hund halten, was er auch eigentlich ist, werden sie ins Gefängnis zu gehöriger Langeweile bei Wasser und Brot gebracht. Die Kur schlägt vortrefflich an. Nachdem sie einige Tage gesessen, erklären sie den aufgeklärten Stallmeister für einen verehrungswürdigen Mann und Wohlthäter der Menschheit. Sie werden daher freigelassen. Nachdem sich Polykomikus wieder mit dem Satan versöhnt und Gottlieb seinen Sohn, der die Poesie abgeschworen, zum Thronfolger gekrönt hat, schließt das Stück, indem »die Nation« die Überzeugung ausdrückt, die Ausbildung werde nun ihren ruhigen Gang fortgehen können, und »die Poetischen« geloben, auch ihrerseits dem allgemeinen Besten nützlich zu sein. In diese schon an sich locker gefügte Handlung hat Tieck eine Menge überflüssiger Szenen, teils satirischer, teils poetischer Art, eingeschoben. Eine Reihe derselben trägt einen idyllischen Charakter: es ist die Geschichte eines ländlichen Paares, dessen Liebesschmerzen und glückliche Vereinigung anmutig, aber ohne dramatische Kraft dargestellt sind. Lyrische Improvisationen durchtönen das ganze Drama. An manchem, namentlich an dem Schwelgen in prunkenden, ewig wechselnden Versmaßen, zeigt sich bereits der bedenkliche Einfluß der Schlegel.

Hier ist der Ort, noch eines dritten phantastisch-ironischen Lustspiels, » *Der verkehrten Welt*«, zu gedenken, das nach dem »Kater« zwischen der Arbeit am »Zerbino« 1797 »in wenigen Tagen« hingeworfen wurde. Auch hier wird das tolle Durcheinander zwischen Schauspielern, Zuschauern ec. auf die Spitze getrieben, und in den Zwischenakten redet sogar das Orchester als »Adagio«, »Allegro«, »Menuetto« ec. mit. Dazu ist die Handlung ebenso unklar als dürftig, der Witz ist gekünstelter als im »Kater«, die Poesie matter als im »Zerbino«, so daß das Stück, an dessen Entwurf Bernhardi einigen Anteil hatte, kaum Anspruch auf Beachtung erheben könnte, wenn es nicht den Bruch Tiecks mit Nicolai herbeigeführt hätte und dadurch für des Dichters Leben von Bedeutung geworden wäre. Tieck hatte das Stück nämlich für den letzten Band der »Straußfedern«, an denen er mit steigender Unlust weiter arbeitete, bestimmt. Allein, wie Haym mit Recht sagt, weder seinem Gehalt noch seiner Form nach gehört es in ein Werk, das eine Sammlung launiger moralischer Erzählungen im Geiste der Aufklärung sein sollte. So war es dem alten geschäftskundigen Schriftsteller und Buchhändler nicht zu verdenken, wenn er das Manuskript an Tieck zurückschickte. Dieser hat es dann seinem Freunde Bernhardi für den zweiten Band seiner »Bambocciaden« überlassen, wo es 1799 gedruckt erschien. Der Brief, in dem Nicolai am 19. Dezember 1797 dem jungen Litteraten, an dessen Wirken er vieles auszusetzen fand, den Text las, war nicht ohne ein gewisses väterliches Wohlwollen, aber doch so unzweideutig verurteilend, daß er Tieck bewog, das lästige Verhältnis so bald wie möglich zu lösen. Trotzdem lieferte er im folgenden Jahre (1798) noch zwei Beiträge zu den »Straußfedern«: » *Ein Tagebuch*«, allein dadurch interessant, daß Moscherosch und der »Simplicissimus« darin empfohlen werden, und die » *Merkwürdige Lebensgeschichte Sr. Majestät Abraham Tonelli*«, eine nicht unergötzliche Erzählung, die durch die nüchterne Trockenheit komisch wirkt, mit der der Held das Wunderbarste als etwas ganz Selbstverständliches nimmt. Offenbar erwies Tieck dem alten, immerhin bürgerlich achtbaren Mann einige Schonung. Anders stand es mit dessen Sohn, dem Verleger der »Volksmärchen«, der als junger Anfänger immer nach neuen Verlagsartikeln dürstete und Tieck zum Schreiben drängte. Letzterer suchte auf seinen Wunsch einige englische Romane heraus, die er seine Freunde Wessely und Wackenroder übersetzen ließ. Aber auch er selbst mußte noch einmal die Feder ergreifen und warf, durch eine Äußerung Elisas von der Recke veranlaßt, in einer müßigen Stunde die kaum so zu nennende Erzählung » Die sieben Weiber des Blaubart« hin, ein völlig ungenießbares Produkt. Das Problem, das Frau von der Recke gestellt hatte, zu zeigen, durch welche Neigungen und Schwächen jedes der sieben Weiber des Blaubart in die Schlinge gefallen und ein Opfer seiner Grausamkeit geworden sei, wird zwar obenhin durchgeführt, aber dazwischen spielen die widersprechendsten Elemente, Satire gegen die Nützlichkeitsschriftstellerei, höherer Blödsinn, grausige Phantastik, weiche romantische Stimmung, und zwar in so wirrer Weise, daß der Verfasser am Schlusse selbst gesteht, sein Buch habe keinen Zusammenhang. Der Verleger dieser verunglückten Geschichte suchte ihr durch einen geschmacklos marktschreierischen Titel aufzuhelfen. Umsonst! ein buchhändlerischer Erfolg ließ sich damit nicht erzielen. Er war schon bei den »Volksmärchen« weit hinter Nicolais Erwartungen zurückgeblieben, und dieser hatte das Unternehmen wider die anfängliche Übereinkunft schon mit dem dritten Bande abgebrochen. Er hat seit den »Weibern des Blaubart« nichts mehr von Tieck in Verlag genommen, ja, seine Erbitterung stieg so hoch, daß er 1799 eine Titelausgabe der bei ihm anonym erschienenen Dichtungen Tiecks samt jenen von Wessely und Wackenroder übersetzten englischen Romanen unter der Bezeichnung »Johann Ludwig Tiecks sämtliche Schriften« veranstaltete und sie nach allerhand boshaft spöttelnden Bemerkungen zu einem Preise ausbot, »der selbst der ärgste Spott war«. Tieck hatte seine Einwilligung weder zu der Ausgabe überhaupt, die gar nicht war, was der Titel verhieß, noch zur Nennung seines Namens gegeben. Ihm blieb einem solchen Verfahren gegenüber nichts übrig, als den Rechtsweg zu beschreiten, und so endete die ärgerliche Angelegenheit und zugleich die Beziehungen zwischen Verleger und Dichter mit einem Prozeß, den Nicolai natürlich verlor.

Inzwischen hatte Tieck einen unendlich viel größern Verlust erlitten: sein liebster Freund, mit dem er zehn inhaltreiche Jahre der Entwickelung in der innigsten Seelengemeinschaft verlebt hatte, Wackenroder, war gestorben. An dem Zwiespalt zwischen innerm und äußerm Beruf ging diese edle Natur zu Grunde. Während Neigung und Begabung ihn auf Musik, Kunst und Poesie hinwiesen, rieb er sich auf im Zwange eines juristischen Amtes, das er nur seinem Vater zuliebe mit Widerstreben übernommen hatte. Endlich brach sein zarter Körper zusammen. Am 13. Februar 1798 starb er, erst fünfundzwanzig Jahre alt, am Nervenfieber. Groß war die »geistige Erbschaft«, die der Freund dem Freunde hinterlassen hatte; eine Anzahl Aufzeichnungen von seiner Hand, im Sinne der »Herzensergießungen«, die sein Nachlaß enthielt, bildeten davon nur einen kleinen Bruchteil. Dennoch schienen diese Erzeugnisse einer schönen Jünglingsseele es wert, veröffentlicht zu werden. Tieck gab sie mit eignen Aufsätzen vermischt unter dem Titel: »*Phantasien über die Kunst für Freunde der Kunst*« 1799 heraus; etwa die Hälfte des Büchleins ist sein Eigentum, aber wie in den »Herzensergießungen« und dem noch zu behandelnden »Sternbald« versetzte er sich auch hier mit der bewundernswerten Biegsamkeit seines Geistes so ganz in die Denkweise seines Freundes, daß sie wenigstens zum Teil in sein Innerstes überging. »Nur in unbewußter, leichtfertiger Praxis der Phantasie«, sagt Haym, »in dem kecken, freien, sich selbst genießenden Walten des Talents hatte er sich bisher über die Geister der Schwermut und der Glaubenslosigkeit erhoben. Nun jedoch lehrte ihn Wackenroder, an die Phantasie und die Kunst als an objektive Mächte glauben; nun erst traf es ihn gleich einer Offenbarung, daß dieser Glaube wie eine Religion sei, ja, nun erst ging ihm, vermittelt durch das Gemüt des Freundes, der Sinn für das Religiöse überhaupt auf.« Diese Worte finden wir durch die »Phantasien« noch in höherm Grade bestätigt als durch die »Herzensergießungen«: ja, in jenen wird sogar stellenweise eine gewisse Neigung erkennbar, Wackenroders Motive auf die Spitze zu treiben, so z. B. hinsichtlich des angeblichen Vorzugs der Musik vor der Poesie, der abstrakten, überschwenglichen Kunstbegeisterung und des Spielens mit Stimmungen und Tönen.

Aber noch ein Vermächtnis hatte Wackenroder unserm Dichter hinterlassen. Die Freunde hatten im letzten Jahre, das ihnen zusammen zu verleben vergönnt war, einen Roman entworfen, in dem sie die Zeit der deutschen und italienischen Renaissance verherrlichen, und den sie gemeinsam ausführen wollten:» *Franz Sternbalds Wanderungen, eine altdeutsche Geschichte*«. In treuem Gedenken an den Heimgegangenen und in seinem Sinne schrieb nun der Überlebende das Buch allein (1798). Es ist ein Künstlerroman nach dem Muster von Goethes »Wilhelm Meister«. Sternbald, ein begabter Schüler Albrecht Dürers, tritt eine Kunstreise an. Er begibt sich zu Lucas von Leyden und reist von da nach Antwerpen, dann den Rhein aufwärts nach Italien. In Rom trifft er ein Mädchen wieder, das ihm einst als Knaben begegnet ist, und dessen Bild seitdem in seinem Herzen gewohnt hat. Dies die dürftige Fabel eines Romans, der nicht einmal vollendet wurde, der durch die Überschwenglichkeit des Gefühls, durch mangelhafte Charakterzeichnung, durch überlange Gespräche und eine Unzahl teilweise sehr flüchtiger Verse uns gegenwärtig so ungenießbar erscheint, daß diesen Mängeln einige warme, zwar idealisierte, aber doch wahre und anmutige Schilderungen ans der behaglichen Welt der Nürnberger Meister nicht die Wage halten können. Gerade die schwärmerische Stimmung, die sich nebenbei in einer echt deutschen fröhlichen Wanderlust kundthut, war es jedoch, die neben jenen wirklich gelungenen Schilderungen und dem hellen Goldkolorit der Darstellung dem jetzt vergessenen Buche seiner Zeit eine tiefgehende Wirkung auf einen großen und wahrlich nicht schlechten Teil der deutschen Jugend verschaffte. Mochte immerhin der reife Goethe, der gerade damals die klassisch-idealistische Kunst der Griechen wiederzuerwecken versuchte, den »Sternbald« einem schönen, aber leeren Gefäß vergleichen und über die vielen hübschen Sonnenaufgänge, die nur zu oft kämen, scherzen, mochte er mit Recht bemerken, daß, wenn es ein Künstlerroman sein solle, doch noch ganz etwas andres von der Kunst darin stehen müßte, so waren doch nicht nur Friedrich Schlegel und andre mit Tieck verwandte Geister unter den spätem romantischen Dichtern von Bewunderung erfüllt und wiesen in ihren Werken deutliche Einflüsse des Romans auf, sondern auch die Entwickelung deutscher Kunst und Wissenschaft verdankt dem Buche manches. Zu der seelischen Vertiefung der Kunst, zu dem innigen Versenken in die Werke der altdeutschen Meister, das für die Schöpfungen der Overbeck, Cornelius, Schnorr und ihrer Schüler charakteristisch ist, haben Tieck und Wackenroder den ersten begeisterten Mahnruf erschallen lassen, und dieser ertönte in der leichten Umhüllung einer romanhaften Erfindung vernehmlicher und gefälliger als in den mehr theoretischen oder doch eines reizvollen Rahmens entbehrenden »Herzensergießungen« und »Phantasien«. Die Schilderungen im »Sternbald« haben aber auch dem Begründer der deutschen Altertumswissenschaft, Jakob Grimm, das Herz für die gute Stadt an der Pegnitz und für die gemütvolle deutsche Vorzeit erwärmt. Mit Recht hat man gesagt, daß das alte, kunstreiche Nürnberg durch Wackenroder und Tieck gleichsam neu entdeckt und im »Sternbald« poetisch wieder zu Ehren gebracht worden ist. Freilich war Goethe nicht ganz im Unrecht, wenn er behauptete, das Künstlerische im »Sternbald« käme als eine falsche Tendenz heraus, denn die Vermischung von Andacht und Kunstgenuß, von Religion und Kunst, die sich in den »Herzensergießungen« und den »Phantasien« schon verkündigt, erreichte hier ihren Gipfel und mochte den weitschauenden Dichterkönig deutlich die Regionen erkennen lassen, in die sich die Romantik später verirrte, und die doch Tieck selber niemals betreten hat.

Der »Sternbald«, neben dem ein gleichfalls 1798 für Reichardt geschriebenes »musikalisches Märchen«, d. h. ein romantischer Operntext: » *Das Ungeheuer und der verzauberte Wald*«, wenig zu bedeuten hat, gewann dem Dichter einen neuen Freund, den er schon im Herbst des vorhergehenden Jahres in Berlin kennen gelernt hatte, Friedrich Schlegel. Dieser, ein Jahr älter als Tieck, schätzte bereits dessen Talent, stellte ihn aber z. B. einem Wackenroder oder Schleiermacher keineswegs gleich und war der Meinung, er müsse protegiert, aber ja nicht verwöhnt werden. Durch den »Sternbald« erst that es Tieck dem Mißtrauischen völlig an. »Es ist ein göttliches Buch«, ruft Schlegel aus, »und es heißt wenig, wenn man sagt, es sei Tiecks bestes. Es ist der erste Roman seit Cervantes, der romantisch ist und darüber, weit über ›Meister‹.« Man merkt, daß ihm, wie Haym sagt, der »Sternbald« gleichsam die Verwirklichung seiner ästhetischen Doktrin schien, während er in ältern Produkten Tiecks zwar ein »seltenes und sehr ausgebildetes Talent« erkannte, aber »gar keinen Stil« fand. Weit günstiger urteilte über

Tiecks frühere Poesie Friedrichs Bruder, der damals in Jena lebende, um fünf Jahre ältere August Wilhelm Schlegel, welcher der erste war, der auf die Bedeutung Tiecks öffentlich aufmerksam machte, indem er in der Jenaer »Allgemeinen Litteraturzeitung« den »Gestiefelten Kater« und den »Blaubart« ohne zu ahnen, wer der Dichter sei einer fast begeisterten Kritik würdigte und den Verfasser als einen »Dichter im eigentlichen Sinne, einen dichtenden Dichter« pries. Einen zweiten Aufsatz über die »Volksmärchen«, gleichfalls voll herzlichen Lobes, ließ er im Frühling 1798 im ersten Heft des eben begründeten »Athenäums« erscheinen. Durch Friedrichs Vermittelung traten der Rezensent und der Rezensierte zuerst in einen freundschaftlichen Briefwechsel, und als Wilhelm im Sommer 1798 auf zwei Monate nach Berlin kam, entspann sich aus dem litterarischen ein persönlicher Freundschaftsbund, der für beide Männer bedeutende Folgen hatte. Die Begeisterung für Shakespeare und die Bewunderung Goethes, von der beide erfüllt waren, war es nicht zum mindesten, was sie zu einander zog. Dazu kam einerseits die Erkenntlichkeit Tiecks für den warmen Anteil, den Schlegel an ihm nahm, und für die Steigerung seiner Selbstachtung, die er ihm verdankte, anderseits die Protektorfreude Schlegels und seine Einsicht, wie trefflich Tiecks produktives Talent nutzbar gemacht werden könne für alles, was ihm litterarisch am Herzen lag. Und wie in ihren poetischen Neigungen, so sympathisierten die beiden jungen Männer auch in ihren Abneigungen gegen Tageslitteratur und Berliner »Geschmack«. Auf diese Weise erfolgte eine völlige Verständigung zwischen ihnen leicht, und damit war der Grundstein gelegt zu einer kritisch-poetischen Genossenschaft, die man die »romantische Schule« nennt. Zu ihr gehörten zunächst außer Tieck und den Brüdern Schlegel nur Bernhardi und Schleiermacher, aber sehr bald schlossen sich auch Novalis, Schelling u.a. an sie an. Das kritische Organ dieser »Schule« war das von den Schlegel in den Jahren 1798-1800 herausgegebene »Athenäum«, zu dem Tieck indes nichts beigesteuert hat. Die romantischen Theorien waren anfangs ziemlich unklar und schwankend, sie haben sich erst im Laufe der Zeit, unter dem Einfluß persönlicher Verhältnisse und durch litterarische Strömungen und Gegenströmungen bedingt, vielfach gewandelt, erweitert und gefestigt. Damals waren es im großen und ganzen dieselben Gesichtspunkte, von denen auch Goethe und Schiller ausgegangen waren: die Rückkehr zum Heimischen, der Kampf gegen die herrschenden schlechten Litteraturrichtungen, gegen elende Modedichter, Nicolaische Nützlichkeitsschriftstellerei, gespreizten Dilettantismus, hochmütige Beschränktheit und Dürre, selbstzufriedene Nüchternheit, wie sie namentlich durch die Berliner Aufklärer verbreitet wurde. Erst allmählich, je nachdem der Kreis der Romantiker sich erweiterte, traten bestimmtere Tendenzen und andre Interessen hinzu, die aber keineswegs alle von allen unterschiedslos anerkannt wurden, so die Verkleinerung Schillers, an dessen Stelle man Tieck Goethen zur Seite setzen wollte, der Widerspruch gegen den falschen Klassizismus und Idealismus der Dioskuren in Weimar und daraus entspringend das entschiedene und bewußte Zurückgreifen auf Herder und Bürger, auf Goethes und Schillers Jugendwerke, auf die nationalen, volkstümlichen, realistischen Bestrebungen der Sturm- und Drangperiode, auf die Herderschen Ideen von einer Welt- und Urpoesie; ferner die Verquickung von Leben und Kunst, die Vergötterung des Genies, der unbewußt schaffenden Phantasie, der dichterischen Willkür, die kein Gesetz über sich leidet; die übertriebene Abneigung gegen alles Verstandesmäßige und künstlerisch Geschlossene, die Bevorzugung des Dunkeln, Unverständlichen, Fragmentarischen; die Verwischung der Grenzen zwischen den einzelnen Poesiegattungen nicht nur, sondern auch zwischen Poesie, Religion und Philosophie; die Richtung auf das mystisch Religiöse, insbesondere auf das mittelalterlich Katholische; die das ernste dichterische Schaffen in ein genußreiches Spiel auflösende Ironie, welche die Gestalten der eignen Phantasie frevelhaft zerstört; endlich eine exzentrische Sittenlehre, die, an Fichtes Wissenschaftslehre anknüpfend, auf die Befreiung der Persönlichkeit von allen Schranken des Herkommens hinauslief. Von vielen, ja von den meisten dieser romantischen Doktrinen lagen in Tiecks Poesie bereits die Keime verborgen; er hat sich aber von den bedenklichsten Ausschreitungen und Irrtümern der Schule teilweise ganz frei gehalten, teilweise nur vorübergehend bethören lassen. Sein klarer, ruhiger Blick verschwand niemals ganz und ließ ihn fast immer ein gewisses Maß beobachten. Zu bedauern ist freilich, daß die Zeit, in der er sich den romantischen Ideen am widerstandslosesten hingab, gerade die Zeit seiner frischesten, in vollster Jugendblüte stehenden Schaffenskraft war. Unstreitig hat die Verbindung mit den Gebrüdern Schlegel und die Stellung, in welche diese ihn schoben, seinem sorglosen poetischen Schaffen mehr Haltung und Würde gegeben, seinen Gesichtskreis erweitert, seine kritische Erkenntnis vertieft, aber sie hat ihm auch die Unbefangenheit des Produzierens genommen und einige seiner genialsten Schöpfungen durch falsche Theorien verdorben.

Das Jahr 1798, in das Tiecks Bund mit den Brüdern Schlegel fällt, war noch in andrer Hinsicht für unsern Dichter von der größten Bedeutung. Er führte nämlich seine Braut, Amalie Alberti, mit der er seit zwei Jahren öffentlich verlobt war, heim, ein auffallender Schritt, wenn man Tiecks Jugend und die Unsicherheit seiner äußern Lage bedenkt. Die Ehe war im ganzen eine glückliche, obwohl die stille, in Ausübung ihrer Pflichten überaus strenge und treue Frau zu manchen Zeiten unter einer gewissen Vernachlässigung von seiten ihres genialern Gatten zu leiden hatte. Nur zwei hochbegabte Töchter, Dorothea (1799 1841) und Agnes (1802 80) sind diesem Ehebund, der 1837 durch den Tod der Frau getrennt wurde, entsprossen. In der Regsamkeit seines geistigen Wirkens ließ sich Tieck durch die Bande der neuen Häuslichkeit nicht lähmen. Die poetischen Früchte des Jahres 1798 sind bereits charakterisiert worden, hier haben wir noch eine sehr erfreuliche wissenschaftliche zu nennen. Im Spätjahr 1797 schon hatte Wilhelm Schlegel Tieck in dem Vorsatz, den unsterblichen » Don Quixote« des Cervantes zu übersetzen, eifrig bestärkt; 1798 erschien bei Unger in Berlin der erste Band dieser Übersetzung, deren Vollendung sich allerdings bis ins Jahr 1801 hinzog. Mit Keckheit hatte sich Tieck an sein schwieriges Werk gewagt; er war des Spanischen noch nicht völlig Meister und verfügte über die dürftigsten und mangelhaftesten Hilfsmittel. Um so mehr muß man sein angebornes Übersetzertalent bewundern. Während der Arbeit wuchs ihm die Kraft, zuweilen griff auch Wilhelm Schlegel fördernd ein, und so entstand trotz einiger Flüchtigkeitsfehler und Mißverständnisse, die in spätem Auflagen beseitigt wurden, ein Werk, das sich durch die Treue des Sinnes, durch den mit genialer Sicherheit getroffenen Ton sowohl in den ernsten als in den komischen Partien und durch die sprachliche Frische und Anmut zu den Meisterstücken unsrer Übersetzungslitteratur gesellt, die bekanntlich überhaupt größtenteils den Romantikern ihren unvergleichlichen Reichtum und ihre hohe Vortrefflichkeit verdankt. Zu derselben Zeit, wo Tieck uns den großen Spanier in seiner wahren Gestalt aneignete, begann Wilhelm Schlegel der Nation seine unübertreffliche Shakespeareübersetzung zum Geschenk zu machen.

Auch das folgende Jahr 1799 war für Tieck reich an innern und äußern Erlebnissen. Er lernte den biedern Deutsch-Norweger Henrik Steffens, der mit ihm in gleichem Alter stand, kennen, als dieser nach Berlin kam. Steffens beschreibt uns den jungen Dichter als einen schönen, schlanken Mann; sein klares Auge voll Glut, seine Gesichtszüge geistreich, seine Urteile kurz und schneidend, sinnvoll und bedeutend. Er ist unserm Tieck später als Freund und Verwandter sehr nahe getreten und hat durch seine Naturphilosophie tief auf ihn eingewirkt. Die erste Berührung hatte für beide ein dauerndes Verhältnis eingeleitet, wenn sie auch zu vorübergehend war, um Tieck einen Ersatz für Wackenroder zu gewähren. Dies konnte selbst seine Verbindung mit den Schlegel nicht und ebensowenig seine Heirat. Der Tod Wackenroders hatte ein tiefes Sehnen nach religiöser Erwärmung und Befriedigung in ihm wachgerufen, die ihm das Christentum weder in der hergebrachten kirchlichen Form des nüchternen Protestantismus noch in schulmäßigen theologischen Systemen zu geben vermochte. Trübe Stimmungen wollten sich wieder seiner bemächtigen, der poetische Ausdruck seines innersten religiösen Empfindens, nach dem er rang, fand sich nicht, weil dieses Empfinden noch zu chaotisch, schwankend und zaghaft war. Da fiel ihm Jakob Böhmes wundersames Buch »Aurora oder die Morgenröte im Aufgang« in die Hände. In dieses Meer von Tiefsinn, Frömmigkeit und Phantasie stürzte er sich nun; sein Hang zur Mystik fand darin die reichste Nahrung. Dazu kamen Schleiermachers »Reden über die Religion«, die ihn entzückten, und die Schriften älterer deutscher Mystiker, unter denen ihn Tauler ganz besonders anzog. Auch mit den Werken der neuern Philosophen, Fichte und Schelling, machte er sich bekannt. Ein inniges religiöses Empfinden, verbunden mit einer Fülle zauberischer Einbildungskraft, lebte ferner in den spanischen Dramatikern Calderon und Lope de Vega, die ihm durch die Beschäftigung mit Cervantes nahe getreten waren; auch diese Welt des Glaubens und der Poesie eröffnete sich ihm jetzt. Seine reizbare Phantasie gab sich allen diesen Einflüssen mit leidenschaftlicher Lust hin; ein heftiges Verlangen nach poetischer Gestaltung aller der frommen Stimmungen, die ihn erfüllten, ergriff ihn. Nach dem Entwicklungsgänge, den er durchgemacht hatte, konnte er die Befriedigung dieses Verlangens nirgends anders finden, als in dem poetischen Wunderglauben des Mittelalters, in der Welt der katholischen Legende. Er begann im Sommer 1799 zu Giebichenstein bei seinem Schwager Reichardt sein großes Drama: » *Leben und Tod der heiligen Genoveva*«, das sich ihm gleichsam von selbst schrieb und bereits im November in Jena vollendet wurde. Ehe dies aber geschah, war ein für sein inneres Leben hochwichtiges Ereignis eingetreten, die Bekanntschaft mit Novalis. In dieser tief innerlichen, mystisch träumerischen Natur fand er den verlornen Wackenroder wieder. Friedrich von Hardenberg, der nur ein Jahr älter als Tieck war und die unergründliche Gemütstiefe Wackenroders mit der zauberhaften Phantasie Tiecks in sich verband, kam im Juli 1799 von seinem gewöhnlichen Wohnort Weißenfels nach Jena herüber, wo Tieck eben als Gast in dem Hause A. W. Schlegels und seiner geistvollen Gattin Karoline weilte. »Zwei Geister trafen zusammen«, sagt Köpke »die nur aufeinander gewartet zu haben schienen.« Die neuen Freunde verlebten zwei schöne Wochen zusammen. »Deine Bekanntschaft«, so schrieb Novalis von Weißenfels aus nach seiner Rückkehr an Tieck, »hebt ein neues Buch in meinem Leben an. An Dir hab' ich so manches vereinigt gefunden, was ich bisher nur vereinzelt unter meinen Bekannten fand. Wie meine Julie [von Charpentier, seine zweite Braut] mir von allen das Beste zu besitzen scheint, so scheinst auch Du mir jeden in der Blüte zu berühren und verwandt zu sein. Du hast auf mich einen tiefen, reizenden Eindruck gemacht. Noch hat mich keiner so leise und doch so überall angeregt wie Du. Jedes Wort von Dir versteh' ich ganz. Nirgends stoß' ich auch nur von weitem an. Nichts Menschliches ist Dir fremd, Du nimmst an allem teil und breitest Dich leicht wie ein Duft gleich über alle Gegenstände und hängst am liebsten doch an Blumen.«

Die Nähe eines solchen Freundes mochte wohl bei Tieck, der schon wegen der beiden Schlegel und des überaus regen Geisteslebens zu Jena dahin überzusiedeln wünschte, den Ausschlag geben. Im Oktober desselben Jahres noch nahm Tieck mit seiner Frau und der eben gebornen Tochter Dorothea in der freundlichen Universitätsstadt an der Saale seinen Aufenthalt. So oft es sich thun ließ, eilte Novalis herüber. Dorothea Veit, eine Tochter Moses Mendelssohns, Friedrich Schlegels Freundin und nachmalige Gattin, die ungefähr gleichzeitig mit Tieck in Jena eingetroffen war, berichtet an Schleiermacher über Novalis: »Er ist ganz toll in Tieck und in seine Frau, als Tiecks Frau, verliebt und verachtet alles übrige.« Und ein andermal schreibt sie: »Das Christentum ist hier à l'ordre du jour; die Herren sind etwas toll. Tieck treibt die Religion wie Schiller das Schicksal. Hardenberg glaubt, Tieck ist ganz und gar seiner Meinung; ich will aber wetten, was einer will: sie verstehen sich selbst nicht und einander nicht.« Der Ausdruck ist maliziös, aber ein Körnchen Wahrheit liegt darin. Sicherlich hat Hardenbergs zärtliche Zuneigung die religiöse Stimmung Tiecks noch verstärkt und vertieft, das heilige und herzliche Gottgefühl Hardenbergs aber ist Tieck nicht ganz in Fleisch und Blut übergegangen. Tieck deutet selbst einmal an, in welchem Sinne die Frömmigkeit in der »Genoveva«, die er damals schrieb, aufzufassen sei, wenn er von der »kindlichen, spielenden Seite der Religion« spricht, und Solger hatte ganz recht, wenn er nachmals meinte, die Frömmigkeit, die in den Reden der Personen zu Tage trete, scheine nicht sowohl der gleichen Sinnesart des Dichters als vielmehr einer tiefen Sehnsucht nach jener entsprungen zu sein. In der That hat die religiöse Begeisterung, auf der das Stück beruht, etwas Reflektiertes und Sentimentales. Es will nicht recht zu einander stimmen, und es macht an der Echtheit des religiösen Pathos irre, wenn erst Bonifacius als Prologus uns bittet, den harten Sinn uns rühren zu lassen durch die Kunde aus der alten Zeit, »als noch die Tugend galt, die Religion«, wenn dann diese alle Zeit selbst wieder nach der »verflossenen treuen Zeit« seufzt, und wenn Genoveva bei der Lektüre der alten Legenden versichert: »Drum ist es nicht so Andacht, die mich treibt, wie innige Liebe zu den alten Zeiten, die Rührung, die mich fesselt, daß wir jetzt so wenig jenen großen Gläubigen gleichen.« Sie spricht damit nur die Gesinnung des Dichters aus: nicht eigentliche Andacht, tiefe, kindliche Frömmigkeit hat die »Genoveva« hervorgebracht, sondern die Sehnsucht, die Liebe, die Rührung, mit der den modernen Dichter die alte gläubige Zeit erfüllte. Schwerer übrigens als dieses wiegen andere Bedenken, die den künstlerischen Wert der Dichtung angehen, vor allem: sie entbehrt des eigentlich dramatischen Nervs. Die Charaktere, namentlich der Golos, sind ohne überzeugende Konsequenz gezeichnet, die Motive unklar, der Aufbau des Stückes ist zu weitläufig und locker. Den Stimmungspartien und Situationsbildern ist ein übermäßiger Raum vergönnt; von

historischem Kostüm hat der Dichter, was namentlich die Kriegs-
szenen beweisen, keine Ahnung. Die Einmischung des epischen
Elements durch die Reden des Bonifacius widerstreitet ebensosehr
wie das Überwuchern der Lyrik in den zahlreichen Sonetten, Stanzen und Terzineden geläuterten Ansichten über das Wesen des
Dramas. Hervorragende Schönheiten allgemein poetischer Art,
einzelne tief ergreifende Szenen und eine hinreißende Gewalt der
Stimmung können nicht über das Bedauern hinweghelfen, daß, wie
Steffens einmal sagt, »Darstellungen, die zu den ausgezeichnetsten
der deutschen Poesie aller Zeiten gehören, sich in Dramen [er faßt
dabei auch den »Oktavian« ins Auge] verirrt haben, die wegen ihrer
Form keineswegs als Muster betrachtet werden können.« Auch ist
die sprachliche Ausführung sehr ungleich: manche Teile bestricken
geradezu durch den herrlichsten Wohllaut, andre sind trocken und
leer. Bei allen Fehlern aber bleibt die »Genoveva« dennoch ein
hochbedeutsames Werk, das ganz aus dem Herzen des Dichters,
wie es damals gestimmt war, floß und nach seinen eignen Worten
eine »Epoche« in seinem Leben war. Bei seinen Freunden und der
romantisch gesinnten deutsche» Jugend hat ihm dieses Werk erst
den Rang des größten romantischen Dichters seiner Zeit gesichert.
Während das Theater keinen Vorteil daraus ziehen konnte, wirkte
die Dichtung durch Geist und Form auf jüngere Poeten mächtig ein,
wie in unsrer Einleitung zur »Genoveva« nachgewiesen ist.

Das besprochene Gedicht bildet den Hauptinhalt des zweiten
Bandes der » *Romantischen Dichtungen* von Ludwig Tieck«, die 1799
und 1800 bei Frommann in Jena erschienen, und deren Titel wesent-
lich dazu beigetragen hat, der Schule ihren Namen zu geben. Im
ersten Bande steht außer dem »Zerbino« eine märchenhafte Erzählung, die noch vor dem Abschluß der »Genoveva« entstand: » *Der
getreue Eckart und der Tannenhäuser*«. Tieck schrieb sie zu Jena in den
letzten Stunden einer herrlichen Sommernacht des Jahres 1799. Es
war die Nacht nach dem Abend, an dem sich Hardenbergs und sein
Herz gefunden hatten. »Die Vorstellung von dem verzauberten
Berge der Venus, vor weichein der getreue Eckart Wache halt, ver-
schmolz mit der Sage von dem Rattenfänger von Hameln zu einer
unheimlichen, halb in altfränkischem Romanzen-, halb im echten
Märchenstil vorgetragenen Geschichte, deren loser Zusammenhang
nur in der Grundstimmung des Grauens eine Einheit findet ... Die

grauenvolle, magische Gewalt, mit welcher der Höllenzauber des Venusbergs auf die Sinnlichkeit wirkt, wild mit lebendigen Farben gemalt.« (Haym.) Außer dieser ergreifenden, dem »Blonden Eckbert« aber nicht gleichzustellenden Dichtung ist aus den: Entstehungsjahr der »Genoveva« nur noch der Fortsetzung des »Don Quixote« und einer gegen die Aufklärung und die verächtliche Tageslitteratur gerichteten, sehr heitern und witzigen »Vision«: »Das Jüngste Gericht«, zu gedenken. Am schlimmsten ergeht es natürlich Nicolai, der, eigentlich zur Hölle verdammt, auf Bitten der Teufel, denen er zu langweilig ist, zur »Nichtigkeit« verurteilt wird, d. h. zu einem Ort, »der weder Himmel noch Hölle ist und genau genommen gar nicht existiert«.

Unendlich reich und vielseitig waren die Anregungen, die das Leben in Jena unserm Dichter bot. Außer Hardenbergs Freundschaft genoß er die seines Wirtes, des witzigen und geselligen Wilhelm Schlegel und seiner geistsprühenden, reizenden Frau Karoline. Die hochbegabte, erst vierzehnjährige Tochter Karolinens aus erster Ehe, Auguste Böhmer, ein frühreifes, wundersames Wesen, war eine der anziehendsten Erscheinungen in diesem Kreise, dem der oft launenhafte und bizarre, aber tiefsinnige, rastlos denkende und forschende Friedrich Schlegel und seine Freundin, die äußerlich nicht anziehende, aber feingebildete und scharfsinnige Dorothea Veit, beitraten. Auch der junge Klemens Brentano und der nachmals als Übersetzer berühmt gewordene Johann Dietrich Gries, vor allem aber der in jugendlicher Geistes- und Lebenskraft blühende Naturphilosoph Schelling, eine urwüchsige, geniale Natur, gesellten sich zu ihnen. Der mächtige Denker Fichte, der damals bereits nach Berlin berufen worden war, und den Tieck schon früher kennen gelernt hatte, kam während des Winters auf einige Monate nach Jena zurück«, um seine dortigen Verhältnisse ganz aufzulösen. Jean Paul, der Tieck hochschätzte, besuchte ihn einigemal. Natürlich machte sich Tieck auch mit Schiller und Goethe bekannt. Ersterer fand den Ausdruck Tiecks, ob er gleich keine große Kraft zeige, sein, verständig und bedeutend, auch habe er nichts Kokettes und Unbescheidenes. Ein näheres Verhältnis zwischen ihm und Tieck hätte sich ohne Zweifel angebahnt, hätte nicht das Zerwürfnis der Schlegel mit dem großen Dichter, dessen Bedeutung Tieck wohl zu würdigen wußte, auch auf seine Beziehungen zu ihm ungünstig und erkältend eingewirkt. Näher trat er dem Manne, der ihm neben Shakespeare von Jugend auf als die verkörperte Poesie erschienen war, Goethe, der ihn mit liebenswürdigem Wohlwollen aufnahm, sich von ihm an zwei Dezemberabenden die eben entstandene »Genoveva« vorlesen ließ und ihn aufforderte, die ernsten Partien in »Zerbino« zu einem Ganzen abzurunden und ihm zur Aufführung auf der Weimarer Bühne zu überlassen, wozu sich Tieck jedoch nicht entschließen konnte. Die Verehrung Tiecks für Goethe war so innig und die Achtung, die dieser Tiecks Person und Talenten zollte, so aufrichtig, daß selbst die zweideutigsten Versuche, Zwietracht zwischen beide zu säen, das gegenseitige Wohlwollen nicht zu stören vermochten. Als die Schlegel später auch mit Goethe auseinander gekommen waren und Tieck als den großen Antipoden des mißliebig gewordenen Olympiers hatten ausspielen wollen, sprach dieser als fünfundsiebzigjähriger Greis das klassische Wort zu Eckermann: »Tieck ist ein Talent von hoher Bedeutung, und es kann seine außerordentlichen Verdienste niemand besser erkennen als ich selber; allein wenn man ihn über ihn selbst erheben und mir gleichstellen will, so ist man im Irrtum. Ich kann dieses gerade heraussagen; denn was geht es mich an? Ich habe mich nicht gemacht. Es wäre ebenso, wenn ich mich mit Shakespeare vergleichen wollte, der sich auch nicht selber gemacht hat, und der doch ein Wesen höherer Art ist, zu dem ich hinaufblicke und das ich zu verehren habe.« Er ist unserm Dichter trotz dieser richtigen Selbstschätzung zeitlebens »herzlich gut« geblieben, und Tieck hat keine Gelegenheit vorübergehen lassen, seiner Verehrung für den großen Meister Ausdruck zu geben. Dagegen scheiterte Tiecks Versuch, zu Herder in ein freundliches Verhältnis zu treten, an der Empfindlichkeit des verbitterten Mannes, der sich durch einige Scherze im »Zerbino« verletzt fühlte.

Es war ein glänzender Kreis, in dessen Mitte unser Dichter stand: sein Stern war im Steigen. Der Siebenundzwanzigjährige erfreute sich des frischen Dichterlorbeers; er war gesund an Leib und Seele. Aber er mutete sich zu viel zu; rastlose geistige Arbeiten und Nachtwachen, Spazierritte und andre körperliche Anstrengungen zogen ihm eine Krankheit zu, den Vorboten eines Leidens, das ihm Jugendkraft und Gesundheit für immer raubte. Es war ein Rheumatismus, der sich zuerst als Gicht im Knie zeigte und eine langwieri-

ge Kur nötig machte. Den ganzen Winter 1789 bis 1800 hindurch
sah sich Tieck ans Zimmer gefesselt und an allen Arbeiten verhin-
dert. Erst der Frühling brachte ihm Heilung und erwachende Ar-
beitslust. Am ersten schönen, wannen Tage schrieb er, in einer blü-
henden Laube sitzend, den freundlichen poetischen Scherz: » *Leben
und Tod des kleinen Rotkäppchens*«, ein Zeichen der wiederkehrenden
heitern Laune. Der kindliche Sinn des bekannten Märchens ist mit
lieblicher Schlichtheit wiedergegeben, ohne Beimischung störender
Satire. Wenige Tage später entstand die » *Sehr wunderbare Historie
von der Melusina*«, eine einfache, mit Vorteil kürzende Nacherzählung des weitschweifigen Volksbuchs, in die nur die eingeflochtenen volltönenden Stanzen nicht recht passen wollen. Ein heiterer
Humor herrscht in dem »Fastnachtsschwank«: » *Herkules am Schei-
dewege*«, später » *Der Autor*« betitelt, in Hans Sachsschem Stile gehalten, eine ergötzliche Verspottung übertriebener Bewunderer und
Nachahmer, namentlich Brentanos, der sich in seinem eben erschienenen parodistischen Stücke »Gustav Wasa« bemühte, wie
Dorothea Veit sagte, »der Tieck des Tiecks zu sein«. »Es ist aber«,
fügte die witzige Frau hinzu, »herzlich dumm und toll und klingt
doch wie Tieck ungefähr, so daß sich dieser tüchtig darüber erbost,
und darum hat er ihn auch so derb mitgenommen.« Es ist übrigens
ein schönes Zeichen für Brentanos Geist und Herz, daß er diesen
Spott niemals übelgenommen und dem Spötter stets herzlich ange-
hangen hat. In Tiecks Schwank fehlt es natürlich auch nicht an lustigen Ausfällen gegen Mißstände im Theater- und Litteraturwesen
und gegen die Nicolaische Aufklärung.

Die drei letztgenannten Schöpfungen bilden nebst einem Gedicht
in Terzinen: »*Die neue Zeit*«, in welchem große Dinge, die von der
neuen Philosophie und Poesie zu erwarten seien, angekündigt werden, und »*Briefen über W. Shakespeare*« von Tieck sowie einem Aufsatz von F. Majer und einem Gedicht von Fr. Schlegel den Inhalt des
»ersten Stückes« vom ersten Bande eines periodisch erscheinenden
litterarischen Unternehmens, das Tieck unter dem Titel »Poetisches
Journal« bei Frommann in Jena herauszugeben begann, von dem
aber nur der erste Jahrgang (1800), außer dem ersten »Stück« nur
noch ein zweites, erschienen ist. Letzteres enthält nur Sachen von
Tieck, nämlich die freie Übersetzung eines Ben Jonsonschen Lustspiels: »*Epicöne oder das stumme Mädchen*«, die Fortsetzung der »*Brie-*

fe über Shakespeare« und zwanzig Sonette unter der Bezeichnung »*Erinnerung und Ermunterung*«. Die Übersetzung ist als ein Zeugnis von Tiecks fortgesetzten englischen Studien wichtig, die »Briefe« kommen nicht über einleitende, allgemeine Bemerkungen hinaus; am bedeutsamsten sind die an verschiedene lebende und verstorbene Freunde gerichteten Sonette, die fast alle zu den schönsten Erzeugnissen von Tiecks Lyrik gehören und als die erfreulichste Frucht seines damaligen Umganges mit Novalis und den Brüdern Schlegel bezeichnet werden können.

Gegen Ende des Juli schied der Dichter mit seiner Familie von der Stadt, in der er im Laufe eines Jahres so viel unvergeßlich Schönes, aber auch so viel körperliches Leid erlebt hatte, um zunächst nach Hamburg zu gehen, wo die Verwandten seiner Frau besucht wurden. Hier war es, wo ihm das Volksbuch in die Hände fiel, aus dem er in den folgenden Jahren sein zweites großes romantisches Drama: »*Kaiser Octavianus*, ein Lustspiel in zwei Teilen«, gestaltete. Im Frühling 1801 ward es begonnen, in diesem und dem nächsten Jahre fast völlig ausgearbeitet, aber erst 1803 nach sorgfältigem Feilen (was sonst nicht Tiecks Sache war) abgeschlossen. Der an abenteuerlichen und menschlich fesselnden Momenten überreiche Stoff hat dem Dichter Gelegenheit gegeben, in diesem Drama die ganze Fülle seiner Phantasie auszuschütten und darin das Höchste aufzustellen, wozu es die romantische Poesie in Deutschland überhaupt gebracht hat. »Hier war«, so urteilt Gödeke, »alles verewigt, was die alte Pracht der wundervollen Märchenwelt, die sinnbefangende, mondbeglänzte Zaubernacht an duftigen und körperlichen Wesen zu bilden vermochte, vom glänzenden phantastischen Aufzuge der Romanze bis zu den derben Spottgeburten des Fleischers Clemens und des Bauern Hornvilla, bunte Verwickelungen und rascher Wechsel; nur die maßvoll und ruhig waltende Hand des ordnenden Künstlers fehlte.« Im ganzen kann man sagen, daß der »Octavianus« alle Vorzüge, aber auch alle Fehler der »Genoveva« in gesteigertem Maße besitzt: dieselbe hinreißende Macht und Innigkeit der Stimmung, denselben Reichtum an allgemein poetischen, besonders lyrischen Schönheiten, aber auch dieselbe Weitschweifigkeit und denselben ermüdenden Klingklang exotischer Versmaße. Nur die Charakteristik ist kräftiger, und der Humor, der in der »Genoveva« fehlt, treibt in einigen Szenen ein höchst ergötzliches Spiel; dafür tritt eine unselige Neigung, die ganze Handlung zu symbolisieren und ins Allegorische zu ziehen, hervor, von der die »Genoveva« frei ist. Hierin sowie in den langen, an sich freilich prächtigen lyrischen Tiraden zeigt sich der verstärkte Einfluß der spanischen Dramatiker.

Von Hamburg ging Tieck im Herbst 1800 nach seiner Vaterstadt zurück, wo sich inzwischen ein Umschwung der literarischen Ansichten vorbereitet hatte. Die »Aufklärung« war dank der neuen Philosophie, der Thätigkeit Schillers und Goethes, der scharfen Kritik der Brüder Schlegel und der Dichtungen Tiecks zum Stichwort des Spottes geworden; die Angriffe auf den schalen, abgestandenen Berliner Geschmack mehrten sich. Aber nicht ohne Kampf räumten die Nicolaiten den Platz. Die kritischen Angriffe, die sie erdulden mußten, reizten ihren Widerstand; Erbitterung und Verdruß hatten sich im stillen angesammelt und kamen endlich zum Ausbruch. Ein heftiger Sturm erhob sich, der hauptsächlich gegen die Schriftsteller der sogenannten neuen oder romantischen Schule gerichtet war, denn diese hatten nicht nur die verletzendste Kritik geübt, sondern sich auch die meisten Blößen gegeben; an Schiller und Goethe wagte man sich nicht recht. Tieck hatte sich zwar im allgemeinen von der literarischen Kritik fern gehalten, aber die Scherze und Augriffe in seinen Dichtungen schmerzten die Betroffenen nicht wenig. Der sogenannte, von Wieland über Gebühr gepriesene Satiriker Fall in seinem »Taschenbuch für Freunde des Scherzes und der Satire«, der oberflächliche und boshafte Publizist Garlieb Merkel in seinen »Briefen an ein Frauenzimmer über die schöne Literatur« und der alte Nicolai in seiner »Neuen allgemeinen deutschen Bibliothek« ergossen ihre Wut in den ingrimmigsten Schmähungen Tiecks, ja sogar in gemeinen Verdächtigungen seines Charakters. Tieck blieb diesen plumpen Angriffen gegenüber ruhig; erst als in Berlin unter Ifflands Ägide ein elendes Lustspiel: »Das Chamäleon«, von einem obskuren Schauspieler Namens Beck verfaßt, über die Bühne ging, in welchem Tieck und seine Freunde in der durchsichtigsten Weise als moralische Lumpe dargestellt waren, regte sich sein gerechter Zorn. Er verlangte von Iffland, der die Hauptschuld an dem Skandal trug, eine öffentliche Ehrenerklärung, und als diese verweigert wurde, schrieb er einige polemische Blätter, in denen er seine unverständigen und böswilligen Gegner in ihrer ganzen Verächtlichkeit brandmarkte. Leider sind diese » *Bemerkungen über Parteilichkeit, Dummheit und Bosheit, bei Gelegenheit der Herren Falk, Merkel und des Lustspiels Chamäleon*«, denen Schleiermacher mit Recht »eine recht körnige Popularität und eine unvergleichlich ruhige Verachtung« nachrühmte, nicht ganz zu Ende geschrieben worden, da Tiecks Eifer während der Ausarbeitung erkaltete. Ihm lag Höheres am Herzen, als sich mit unwürdigen Widersachern herum zu zanken; in der mit der alten Begeisterung wieder in Angriff genommenen Arbeit über Shakespeare, in der Fortsetzung des »Don Quixote«, in dem frohen Schaffen am »Octavianus«, im Ausdenken neuer dichterischer Pläne fand er volle Befriedigung.

Im Sommer 1801 kam ihm auch die Idee, in einem humoristischen Lustspiel: » *Anti-Faust oder Geschichte eines dummen Teufels*«, voll schlagfertigen Witzes mit seinen Gegnern und manchem andern, das ihm widerwärtig war, poetisch abzurechnen; auch diese Arbeit ließ er indes nach Vollendung des Prologs und des ersten Aktes liegen. Die heitere Stimmung, in der sie entworfen war, hielt nicht nach. Schon im Frühling des genannten Jahres war er, da ihm der Aufenthalt in Berlin durch die literarischen Streitigkeiten und andre unangenehme Erfahrungen verleidet war, nach Dresden übergesiedelt, dessen reichere, schönere Umgebung seinen gedrückten Geist erfrischen sollte. Allein er fand den heitern Schwung der Phantasie, die unbefangene Lust am poetischen Schaffen nicht sogleich wieder. Allzuviel drang auf ihn ein: die Gleichgültigkeit des großen Publikums seiner Dichtung gegenüber, die kläglichen literarischen Zustände Deutschlands, persönliche Anfeindungen, häusliche Sorgen, dazu schwere Verluste, schmerzliche Todesfälle und andre trübe Erfahrungen. Er versank in Zweifel an seinem dichterischen Beruf, in Trübsinn und finstere Schwermut. Nicht ganz zwei Jahre waren vergangen, seit Tieck mit Novalis den innigsten Freundschaftsbund geschlossen hatte; jetzt ward ihm, wie einst Wackenroder, auch dieser Trost und Vertraute seiner Seele schon wieder entrissen: am 25. März 1801 starb der schon lange Kränkelnde an der Auszehrung. Seinen frühen Tod ahnend, hatte er Tieck zum Vollstrecker seines litterarischen Testaments bestimmt; es war nun für diesen ein süßwehmütiges Geschäft, den Nachlaß des Freundes zu ordnen und einige Bemerkungen dazu zu fügen, die der Nation klar machen sollten, welch schöne Hoffnungen mit dem zu früh Geschiedenen begraben worden waren. Kaum hatte er die Erschütterung über diesen Verlust einigermaßen überwunden, da ereilte ihn die Nachricht von einem neuen Trauerfall: seine Eltern waren in *einer* Woche um Ostern des Jahres 1802 gestorben; und nicht genug damit, infolge der heftigen Gemütsaufregung erkrankte Sophie, seine seit 1799 mit Bernhardi verheiratete geliebte Schwester, so schwer, daß man lange an ihrem Aufkommen zweifelte. Kein Wunder, daß Tiecks poetische Freudigkeit unter dem Eindruck solcher Ereignisse erlahmte.

Indes erhielt der Dichter doch einigen Ersatz für diese Verluste. In Dresden sah er 1801 den wackern Steffens, den rastlosen Forscher und gemütvollen, dichterisch gestimmten Menschen, wieder. Oft kam dieser von Tharandt herüber, um Tieck zu besuchen, und es gestaltete sich bald ein herzliches Verhältnis zwischen ihnen, das auch nicht ohne vorteilhafte Wirkung auf Tiecks Poesie blieb. Durch Steffens' naturphilosophische Ideen angeregt, schrieb er 1802 in *einer* Nacht das furchtbar-schöne Märchen »*Der Runenberg*«, in welchem er in echt dichterischer Weise den Gegensatz zwischen harmloser Lebensfreude und dem durch die berückende Macht des Goldes verdüsterten Sinn zur Darstellung brachte.

Die eifrige Beschäftigung mit den Mystikern Jakob Böhme und Tauler, in die sich Tieck, wie schon gesagt, damals versenkte, brachte ihn auf die Idee, einen Roman zu entwerfen, in welchem er die Stellung der einzelnen Konfessionen zum Urchristentum klarlegen wollte. Es blieb aber auch hier, wie bei so vielem andern in dieser Zeit, beim Entwurf.

Aber durch das Studium der Mystiker wurde Tieck wiederum zur *altdeutschen Poesie* zurückgeleitet, in die ihn schon Wackenroder eingeführt hatte. Jetzt zog ihn die scheinbar unbeholfene Schlichtheit und der kindliche Tiefsinn unsrer alten Dichtungen mächtiger an als je. Seit 1801 vertiefte ei sich mit gleich lebhaftem poetischen wie wissenschaftlichen Interesse in sie und gab 1803 als erste Frucht seiner Studien die »*Minnelieder aus dem schwäbischen Zeitalter*« mit einer begeisterten Vorrede, in der er ein reizendes Bild des deutschen Minnesanges entwarf, heraus. So wenig genießbar uns jetzt die Übersetzungen der Lieder anmuten, so haben sie doch in Verbindung mit der nach Jakob Grimms Ausdruck »hinreißenden« Vorrede unbeschreiblich gewirkt. Nicht allein, daß der eben genannte große Begründer der deutschen Altertumswissenschaft, wie er Tieck selbst gestanden hat, durch sie zuerst »auf diese Welt von Dichtung aufmerksam gemacht« wurde, es war überhaupt »der erste, unsern Landsleuten wirklich ans Herz dringende Aufruf zu anteilvoller Bekümmerung um die Schätze ihrer eignen ältern Litteratur«, ein Versuch, der den freudigsten Widerhall erweckte. Tieck zuerst hat diesen »reichen Quell der Anregung mit dem Zauberstab poetischer und patriotischer Begeisterung aus dem dürren Felsen geschlagen«; ihm gelang, was dem guten Bodmer mit seinen wohlgemeinten, aber geschmacklosen Ausgaben und Übersetzungen nicht gelingen konnte; Brentano und Arnim mit »Des Knaben Wunderhorn«, Görres mit den »Volksbüchern«, von der Hagen mit den »Nibelungen« folgten nach; und auf Tiecks und ihren Schultern stehen die Grimm, Lachmann, Benecke, Simrock, Uhland etc.

Nicht in Dresden kamen die »Minnelieder« und kam der »Octavianus« zum Abschluß. Tiecks alter Freund, der heitere, bewegliche Burgsdorff, war 1801 nach einigen Jahren abenteuerlichen Wanderlebens in Dresden eingekehrt, wo er nach langer Trennung den melancholischen Jugendgenossen wiederfand. Er lud ihn dringend ein, ihm nach dem Gut Ziebingen in der Neumark, das er zwar an seinen Oheim, den Grafen Finckenstein, verkauft hatte, aber noch bewohnte, zu folgen und dort samt Frau und Töchterchen eine Zeitlang seinen Sitz aufzuschlagen. Tieck nahm die aufrichtig gemeinte Einladung an und vertauschte gegen Ende des Jahres 1802 die Elbstadt mit dem stillen, in waldreicher Umgebung gelegenen Landsitz. Diese Veränderung nun wurde der Anlaß zu einer neuen, folgeschweren Bekanntschaft. Unweit Ziebingen wohnte auf dem Gut Madlitz bei Lebus, in der Nähe von Frankfurt an der Oder, der eben genannte Graf Finck von Finckenstein (1745 1818), ein Edelmann in des Wortes schönster Bedeutung, mit seiner aus seiner Gemahlin, drei Töchtern und zwei Söhnen bestehenden, ebenso liebenswürdigen wie hochgebildeten Familie. Nichts was Kunst, Poesie und Litteratur darbot, war diesem Kreise fremd; insbesondere aber wurde der alten, damals fast vergessenen Kirchenmusik der verständnisvollste Kultus gewidmet. Der Verkehr mit diesen edlen Menschen wirkte auf Tieck erhebend und beruhigend, auf die musikalischen Interessen ging er mit Begeisterung ein. Schon 1802 entstanden seine formell vortrefflichen, nur teilweise etwas zu überschwenglichen » *Gedichte auf die Musik*«. Daneben setzte er seine altdeutschen und englischen Studien mit erneutem Eifer fort (wie er denn hier die schon erwähnten »Minnelieder aus dem schwäbischen Zeitalter« schrieb), brachte den »Octavianus« zum Abschluß, bereitete eine Bearbeitung des Nibelungenliedes vor, entwarf einen Roman: »Alma, ein Buch der Liebe«, und dichtete den Prolog zu einem Drama: »Magelone«. Die letztgenannten drei Arbeiten sind freilich niemals zu Ende geführt worden.

Der Ziebinger Aufenthalt wurde mehrmals durch längere und kürzere Ausflüge unterbrochen, zuerst im Sommer 1803, wo Tieck mit Burgsdorff eine Reise durch einen Teil von Mittel- und Süddeutschland machte. In Heidelberg, wo er den geistvollen Philologen Creuzer kennen lernte, wurde der Wunsch laut, Tieck möchte ein akademisches Lehramt daselbst übernehmen. Brentano und Savigny betrieben die Angelegenheit eifrig, die sich aber namentlich durch die Erkrankung Tiecks im nächsten Jahre zerschlug. In Liebenstein verspielte Burgsdorff, der noch immer der alte war, an der Bank die gemeinschaftliche Reisekasse, so daß sie froh waren, Dresden zu erreichen, wo Tieck mehrere Monate verweilte. Die Reise hatte den Dichter wohlthätig erfrischt, und er bedurfte dessen. Sein Trübsinn und sein zuweilen wieder drohendes gichtisches Leiden war es nicht allein, was ihn drückte. Die Ehe seiner Schwester mit Bernhardt war nicht glücklich; es kam zur thatsächlichen Trennung, der später (1805) die völlige Scheidung folgte. Tieck zerfiel mit dem alten Freunde, Sophiens Gesundheit war tief erschüttert. Zu ihrer Wiederherstellung sollte sie nach Italien reisen, und der Bruder begleitete sie im Herbst 1804 auf ihre dringenden Bitten. Aber es sollte lange dauern, bis sie das Ziel erreichten. In München verschlimmerte sich Sophiens Zustand so sehr, daß sich die Geschwister gezwungen sahen, den Winter über dort zu bleiben, wo Tieck unter andern dem Theosophen Franz Baader und vor allem dem Freiherrn Karl Friedrich von Rumohr (1785 1843), dem geistreichen Kunstkenner und vielseitigen Schriftsteller, nahe trat. Inzwischen gestaltete sich der Gesundheitszustand der Schwester so, daß schleunige Abreise nach Italien notwendig wurde. Da erkrankte wiederum Tieck an seinem alten bösen Leiden, der Gicht. Diesmal schien es ihm das Leben kosten zu sollen, er litt die unsäglichsten Schmerzen und war des Gebrauchs seiner Glieder beraubt. Aber der unermüdlichen Sorgfalt, mit der Rumohr, der mit ihm zusammen wohnte, den Kranken pflegte, gelang es, den neuen Freund dem Tode zu entreißen. Trotz der Schmerzen nahm Tieck seine altdeutschen Studien wieder auf und diktierte dem treuen Pfleger Bruchstücke einer Bearbeitung des Nibelungenliedes in die Feder. Auch Tiecks Bruder Friedrich, der damals bereits ein geachteter Bildhauer war, traf in München ein; der feingebildete Esthländer von Knorring, der späterhin Sophie heiratete, schloß sich ihnen an. Endlich, im Sommer 1805, konnten sie zusammen nach Italien aufbrechen. Die Reise ging über Tirol, Verona, Mantua und Florenz nach Rom, wo sie Sophie und andre Freunde fanden. Die erste Zeit dieses römischen Aufenthaltes wurde unserm Dichter noch sehr durch gichtische Schmerzen verbittert. Erst ganz allmählich trat eine Besserung ein, er konnte sich wieder der Kunst und Natur und der freieren Geselligkeit widmen, vor allem aber seinen altdeutschen Studien. Ganze Tage brachte er unter den reichen Schätzen der Vatikanischen Bibliothek zu, schrieb die ganze dort liegende Pfälzer Handschrift des Epos »König Rother« und andres ab und vertiefte sich auch in die Gedichte der karolingischen und bretonischwallisischen Sagenkreise; in erster Linie beschäftigten ihn jedoch immer noch die Nibelungen.

Unter den Bekanntschaften, die er in Rom machte, war ihm die des Malers Müller, des Dichters der »Genoveva«, von höchstem Interesse, dessen Aufrichtigkeit er nachmals durch Teilnahme an der Herausgabe von Müllers Werken bethätigt hat. Zu großem Dichtungen begeisterte ihn der italienische Himmel zwar nicht, dazu stand Tieck noch zu sehr unter den Nachwehen seiner Krankheit, doch verfaßte er eine Art poetischen Tagebuchs in freien Rhythmen: » *Reisegedichte eines Kranken*« und » *Heimkehr des Genesenden*«, in denen er stellenweise mit großer Frische seine Empfindungen über die empfangenen Eindrücke aussprach. Im Sommer 1806 konnte die Rückreise in die Heimat angetreten werden. Unterwegs hielt sich Tieck der Nibelungenhandschrift wegen in St. Gallen auf, dann in Karlsruhe, wo er Hebel besuchte, und in Mannheim, wo er mit dem Pfarrer La Pique die Arbeiten zur Herausgabe von Maler Müllers Schriften vollendete, die freilich durch allerlei

Zwischenfälle bis zum Jahr 1811 verzögert wurde In Heidelberg sah er Creuzer wieder und erfuhr durch Johann Heinrich Voß zuerst das Gerücht, daß er in Rom katholisch geworden sei. Tieck hat dies niemals Wort haben wollen, und seiner Aussage muß man doch Wohl den meisten Glauben zumessen, so gewichtige Stimmen sich auch anderseits erhoben haben, die in dem Gerüchte Wahrheit fanden. Im Grunde liegt wenig daran, welchem Bekenntnis Tieck angehörte, denn innerlich stand er über den Konfessionen; so viel aber ist gewiß, daß, als später seine Frau und seine Töchter zur katholischen Kirche übertraten, er diesen Schritt mißbilligte, und daß er vor seinem Tode einen protestantischen Geistlichen aufforderte, an seinem Grabe zu sprechen. Nachdem er in Frankfurt Brentano und dessen Schwester Bettina gesehen und die Bekanntschaft von Goethes Mutter gemacht hatte, besuchte er in Weimar Goethe selbst, bei dem er einige Abende verlebte. Im Herbst traf er endlich in Dresden ein, wo er mehrere Wochen blieb, und wo der dänisch-deutsche Dichter Öhlenschläger, ein begeisterter Bewunderer von Tiecks Poesie, seine Freundschaft eroberte.

Inzwischen war der Krieg zwischen Preußen und Frankreich ausgebrochen, der Oktober des Jahres 1806 hatte den Staat Friedrichs des Großen in den Sturz der kleinern Staaten mit hineingerissen. Manche Freunde Tiecks waren persönlich in das allgemeine Unglück verstrickt, so Reichardt, Tiecks Schwager, der wegen einer antinapoleonischen Schrift flüchten mußte. Tieck eilte nach Sandow, dem Nachbargut von Ziebingen, das Burgsdorff gehörte, und wo unserm Dichter inzwischen seine zweite Tochter Agnes geboren worden war. Hier und zeitweise in Berlin verweilte er nun bis zum Frühling 1808. Während dieser Zeit lernte er Achim von Arnim, dessen poetische Bedeutung er nie ganz gewürdigt hat, und den eifrigen Germanisten Friedrich Heinrich von der Hagen kennen, der ihm mit seiner Erneuung des Nibelungenliedes zuvorkam, und dem er manche seiner altdeutschen Vorarbeiten, wie die Abschrift des »Rother«, freundschaftlich überließ. Einen Abschnitt aus Tiecks begonnener Neubearbeitung des zuletzt genannten Epos druckte Arnim 1808 in seiner »Tröst-Einsamkeit, Zeitung für Einsiedler« aus eigner Machtvollkommenheit ab; trotz aller Mängel wird Tiecks Arbeit von dem neuesten Herausgeber jener Zeitschrift, Friedrich Pfaff, als »eine literarische That von Bedeutung« bezeichnet, »in einer Zeit, da man den ›König Rother‹ nicht einmal dem Namen nach mehr kannte«. Außer einigen Szenen zu einem Drama » *Melusine*« brachte Tieck damals nichts Poetisches hervor, auch im nächsten Jahre entstand nur der erste Aufzug eines Schauspiels: » *DasDonauweib*«; indessen blieben die Jahre von 1804-10, von den »Reisegedichten« abgesehen, ganz ohne poetische Frucht; es schien, als ob des Dichters schönes Talent gänzlich versiegen wollte. Die gelehrten Studien, seit 1807 namentlich die über Shakespeare und seine Zeit, traten wieder in den Vordergrund. Aber selbst diese erlitten eine längere Unterbrechung, als Tieck nach einer Reise über Dresden und Wien in München, wo er vom Herbste 1808 an verweilte, im Winter abermals schwer erkrankte. Seine Geschwister Friedrich und Sophie sowie Bettina Brentano pflegten den Dulder. Langsam erholte er sich notdürftig, aber die Krankheit hatte ihm ihren furchtbaren Stempel für immer aufgedrückt. Seine körperliche Kraft war gebrochen. Ein Rückfall warf ihn wieder aufs Lager, der Winter 1809-10 verging, der Frühling noch fand ihn leidend. Erst im Sommer konnte er, aber immer noch schwach und gebrechlich, München verlassen. Nach einer Kur in Baden-Baden, die ihm indessen keine Heilung brachte, kehrte er endlich im Herbst nach Ziebingen zu den Seinigen zurück, die ihn zwei Jahre lang nicht gesehen hatten.

Aber diese Leiden vermochten Tiecks geistige Kraft nicht zu brechen. Er konnte schon 1811 sein » *Altenglisches Theater*«, eine bedeutsame Frucht seiner Shakespeare-Studien, veröffentlichen. Damit man den großen Dichter im Zusammenhang mit seinem Land und seiner Zeit erkenne, gab er hier nicht nur in trefflicher Übersetzung einige Dramen von ältern Zeitgenossen Shakespeares, sondern fügte in den beiden Vorreden auch die geistvollsten und eindringendsten litterargeschichtlichen Erörterungen hinzu. Und im folgenden Jahre erschien als Ergebnis seiner altdeutschen Forschungen eine kürzende Bearbeitung des kulturhistorisch wichtigen » *Frauendienstes*« von Ulrich von Lichtenstein, ein Lebensbild aus dem deutschen Mittelalter. Aber auch die Lust zum poetischen Schaffen erwachte wieder. Als Tieck im Jahre 1810 daran ging, seine ältern, ohne seinen Namen erschienenen Poesien in eine Sammlung unter dem Titel » *Phantasus*« zu vereinigen, begnügte er sich nicht damit, einige derselben, wie namentlich den »Blaubart« und den »Gestiefelten Kater«, einer sorgfältigen Umarbeitung zu unterwerfen, er verband auch die einzelnen Dichtungen nach dem Beispiel von Boccaccios »Dekameron« durch eine Rahmenerzählung, in die er Gespräche einflocht, welche zum Geistreichsten und Anmutigsten gehören, was in deutscher Prosa geschrieben worden ist. Über die verschiedensten Gegenstände läßt Tieck sich seine Personen unterhalten, über Neffen, Essen, Lektüre, Geselligkeit und Gefühlsleben, über Gartenbau, Musik und Schauspielkunst, und alles das in der fesselndsten, durch reizenden Humor gewürzten Form, die von dem spätern Tieckschen Novellenstil sehr wenig verschieden ist. Aber er fügte zu den alten auch neue Dichtungen hinzu, welche weniger kühn, aber auch weniger regellos als jene erscheinen: die schauerliche Märchennovelle » *Liebeszauber*«, die das Entsetzen freilich auf die Spitze treibt, das liebliche Kindermärchen » *Die Elfen*« und die schöne, magisch ergreifende Erzählung »Der Pokal«. Gegen diese epischen Erzeugnisse treten die dramatischen nicht zurück; das dramatisierte Märchen » *Leben und Thaten des kleinen Thomas, genannt Däumchen*« (1811), eine humoristische Satire auf die antikisierende Geschmacksrichtung in der deutschen Litteratur, wirkt dadurch, daß der Dichter alle aus den alten kindischen Volksmärchen bekannten Gegenstände, wie z. B. die Siebenmeilenstiefel, in antike Beleuchtung rückt, ungemein komisch; die Dramatisierung des Volksbuches von » *Fortunat*« in einem Prolog und zwei fünfaktigen Schauspielen überschreitet freilich äußerlich alles Maß und steht gegen die »Genoveva« und den »Octavian« an Stimmungsreichtum und romantischem Glanz zurück, die Farben erscheinen matter, aber die Charakteristik ist trefflich gelungen, und wenn man auch die herbe Vermischung komischer und tragischer Motive mit Recht tadeln mag, so wird man doch einzelne Szenen als höchst dramatisch bezeichnen dürfen. Der »Fortunat« beschließt den »Phantasus«, der übrigens ursprünglich auf weit großem Umfang berechnet war; eingeleitet wird dieses reichhaltige Buch durch ein überaus reizendes Gedicht: » *Phantasus*«, in welchem der Dichter in wahrhaft poetischer Einkleidung seinen eignen Entwicklungsgang, insbesondere »die innern Wandlungen während der langen Zeit, da seine Muse geschwiegen«, schildert. Im allgemeinen darf man sagen, daß sich Tiecks Geist in allen diesen zierlich zu einem Ganzen vereinigten Dichtungen in alter Frische und dabei besonnener und abgeklärter als früher zeigt. Er verdankte dies wenigstens zum Teil einem neuen Freunde, der alle Eigenschaften besaß, um die durch den Tod Hardenbergs gerissene Lücke bei ihm auszufüllen. Es war der gemütstiefe, scharfsinnige Philosoph und Ästhetiker Karl Wilhelm Friedrich Solger (1780-1819), ein ebenso gründlicher Kenner des klassischen Altertums wie der neuen Poesie, damals Professor in Berlin, wo ihn Tieck schon 1808 gesehen hatte. Ein näheres Verhältnis entspann sich zwischen beiden erst 1811 auf einer gemeinsamen kurzen Reise von Warmbrunn, wo Tieck eine Badekur beendet hatte, nach Schmiedeberg, Die Liebenswürdigkeit des gelehrten und doch rührend bescheidenen, mitteilsamen und zugänglichen Mannes nahm ihn ganz gefangen. Ein Bund ward zwischen ihnen geschlossen, den leider nur allzufrüh der Tod Solgers trennte. Der Briefwechsel, den die beiden Männer, wenn sie sich nicht persönlich nahe waren, führten, und den Tieck später selbst mit dem übrigen Nachlaß Solgers herausgegeben hat, ist einer der lesenswertesten unsrer Litteratur und beweist die Fülle von Anregungen, welche einer vom andern empfing. »Kein Jahr verging, wo sie sich nicht gesehen hätten, wo Tieck nicht auf einige Tage in Berlin gewesen oder der Freund ihn nicht im Frühling oder Herbst besucht hätte.« Daneben entwickelte sich auch ein herzliches Verhältnis mit dem geistvollen Geschichtschreiber Friedrich von Raumer, der Tieck 1810 in Ziebingen besuchte und ihm zeitlebens in wahrer Freundschaft ergeben blieb.

Das geistig so reiche Stillleben des Dichters, das eine langsame innere Umwandlung in ihm hervorbrachte, indem es ihm die Ausschreitungen der romantischen Theorien immer klarer erkennen ließ und ihn maßvollern zuwendete, erlitt im Sommer 1813, wo die Kriegsunruhen zur Flucht nach Prag nötigten, eine längere Unterbrechung. Den Sieg der deutschen Sache begrüßte auch Tieck, der sein Vaterland innig liebte und dessen Schmach tief empfunden hatte, mit hoher Freude, wenn es ihm auch versagt war, wie Arndt und Schenkendorf in mächtigen Tönen vaterländisches Gefühl auszuströmen. Die Absicht, eine Reihe Dramen aus der deutschen Geschichte zu schreiben, blieb unausgeführt, wie denn überhaupt seit dem Erscheinen des »Fortunat« Tiecks Leier fast gänzlich verstummt zu sein schien. In der That war dieser das letzte große Werk, in dem sich Tieck noch als romantischer Dichter, wenn auch schon vielfach gemäßigt und abgekühlt, gezeigt hatte. Nur fünf

Jahre später war es, als er dem überraschten Publikum in scheinbar ganz veränderter Gestalt entgegentrat.

Im Jahre 1817, wo Tieck das » *Deutsche Theater*«, eine Auswahl vergessener deutscher Bühnenstücke aus dem 15. 17. Jahrhundert, wiederum mit trefflichen, inhaltreichen Vorreden begleitet, herausgab, machte er mit seinem Freunde Burgsdorff eine Reise nach England. Anfang Mai nahmen sie ihren Weg durch Norddeutschland nach dem Rhein und den Niederlanden und betraten am 29. d. M. die Küste von England. In London studierte Tieck hauptsächlich die Handschriften und seltenen Drucke alter Dramen und besuchte eifrig das Theater, wo ihm die berühmten Schauspieler Kemble und Kean zu sehen vergönnt war. Auch machte er die Bekanntschaft des bedeutenden Shakespeare-Kritikers Coleridge. Nachdem er sodann die durch seinen Abgott denkwürdigen Stätten von Warwick und Kenelworth und das gebenedeite Stratford am Avon mit Andacht besucht hatte, setzte er mit Burgsdorff nach Frankreich über. In den letzten Tagen des Juli trafen sie in Paris ein, wo wiederum Bibliothek und Theater die größte Anziehungskraft auf Tieck ausübten. Nach etwa dreiwöchigem Aufenthalt wurde die Rückreise angetreten. In Frankfurt a. M. sah Tieck seinen alten Freund Friedrich Schlegel wieder. Dieser, der sich inzwischen in die Regionen des ultramontanen Katholizismus verirrt hatte, wohin ihm Tieck nicht folgen konnte, fand den alten Kampfgenossen erklärlicherweise nicht nur körperlich von der Gicht sehr verändert, »krumm und sechseckig«, sondern auch »sehr materiell im Geist«. In der ersten Hälfte des September langten die Reisenden in Berlin zu kurzem Aufenthalt an, um die Mitte des Monats waren sie wieder in Ziebingen. Die Reise, so kurz an Dauer sie war, hatte unserm Dichter doch insbesondere für seine Shakespeare-Arbeiten reichen Ertrag gebracht, den er nun zu verwerten gedachte.

Da aber wurde dem beschaulichen Leben auf dem Gute des ritterlichen Grafen plötzlich ein Ende gemacht. Am 18. April 1818 starb das würdige Oberhaupt der Familie Finckenstein. Tieck verlor in ihm einen väterlichen Freund, und die Verhältnisse, in denen er seit 15 Jahren zu leben gewohnt war, lösten sich auf. Im Juli 1819 verließ er Ziebingen, das ihm zur zweiten Heimat geworden war, und siedelte mit seiner Familie und der ältesten unverheirateten Tochter des Verstorbenen, der Gräfin Henriette von Finckenstein, nach

Dresden über. Der Tod Solgers, der noch in demselben Jahre, am 25. Oktober, erfolgte, löste das letzte Band, das ihn an die Nähe Berlins zu fesseln vermocht hätte. Solger war unserm Dichter nicht nur ein Freund, er war ihm, wie dieser selbst dankbar aussprach, ein Lehrer gewesen, dem er vieles und Teures zu danken hatte.

Mit der Übersiedelung nach Dresden waren des Dichters Wanderjahre beendet. Das alte stattliche Haus am Altmarkt, das er 1819 bezog, die »Burg des alten Romantikers«, wie das Volk es nannte, hat er bis zum Jahre 1842, von kleinern Reisen abgesehen, nicht wieder verlassen. Es war der Schauplatz einer überaus reichen und fruchtbaren Wirksamkeit, Fast ein Vierteljahrhundert hat die schöne Stadt an der Elbe den berühmten Dichter beherbergt, sie hat ihm manches gewährt, aber mehr noch von ihm empfangen. Er stand im 47. Lebensjahr, als er nach Dresden zog, seine innere Entwickelung war abgeschlossen; das unsichere Tasten und das leidenschaftliche Kämpfen und Irren lag hinter ihm, er hatte sich das volle harmonische Gleichgewicht seiner Geisteskräfte, einen freien Überblick über das Leben, ein reineres künstlerisches Gestalten errungen. Die Dresdener Zeit bildet die Meisterjahre seines Lebens. Dem großen Publikum galt er noch immer als das Haupt der romantischen Schule; wer aber seinem dichterischen und kritischen Willen einige ernste Aufmerksamkeit schenkte, mußte gewahr werden, daß dasselbe (von vorübergehenden Rückfällen in die alten Ideen abgesehen) vielmehr einem gesunden, künstlerisch verklärten Realismus zustrebte.

Die litterarischen Zustände Dresdens waren keine erfreulichen. Selbstgefällige Mittelmäßigkeit beherrschte das Feld. Eine Anzahl kleiner, schreibfertiger Talente ohne alle Tiefe, der alten Aufklärung innig verwandt, aber von einer weichlichen Unentschiedenheit im kritischen Urteil, dem Bedürfnis und Geschmack der Durchschnittsbildung huldigend, übten ihre Federn in der bekannten »Abendzeitung« und beweihräucherten einander in der literarischen Gesellschaft »Liederkreis«. Die tonangebenden »Größen« waren der alte Hofrat Böttiger, der von Goethe und Schiller so oft verspottete »Freund Ubique«, ein zweideutiger Charakter, der unverbesserliche »Lober« alles Mittelmäßigen, ein vielwissender Altertumsforscher ohne eigentliches Verständnis für die Antike, der auch ein Kenner neuer Litteratur, des Schauspiels und der Kunst im allgemeinen zu sein glaubte. Ihm zunächst stand der etwas tüchtigere Hofrat Winkler, mit seinem Litteratennamen Theodor Hell, ein unermüdlicher Vielschreiber, der die Bühne mit seinen fabrikmäßig hergestellten Bearbeitungen aus dem Französischen überschwemmte, wichtig als Hauptredakteur der »Abendzeitung« und als einflußreicher Theatersekretär. Sein Genosse als Mitherausgeber des genannten Journals war der nur seinen literarischen Beschäftigungen lebende Friedrich Kind, der Dichter des »Freischütz«, Redakteur des Beckerschen »Taschenbuchs zum geselligen Vergnügen« und andrer Almanache von zweifelhaftem Werte. Für einen großen Tragiker hielt sich der schwächliche Eduard Gehe. In diesem Kreis kleinlich auf ihren Ruhm eifersüchtiger Leute, denen das Alltägliche und Flache Ideal war, mußte es ein unbehagliches Gefühl erwecken, als nun ein Mann von der Bedeutung Tiecks in ihre unmittelbare Nähe trat und mit seinem Glanz ihre kleinen Lichterchen zu überstrahlen drohte. Die natürliche Feindschaft des Mittelmäßigen gegen das Große begann sich zu regen, noch ehe bei Tieck von einem bewußten Gegensatz zu den Dresdener Poeten die Rede war; sie eröffneten einen kleinen, heimlichen, mit allen Ränken der Koterie und Klatschsucht geführten Krieg gegen den gefürchteten Mann, der sich bei aller Höflichkeit niemals scheute, ihnen seine Geringschätzung zu zeigen. Dennoch waren einerseits die Kleinen zu furchtsam, um offen gegen ihn aufzutreten, er selbst aber besaß anderseits zu viel echte Bildung und Bonhommie, als daß er ihnen ihre Existenz gestört hätte, solange sie ihn ungestört ließen. Schmerzlich mochte es jenen freilich sein, daß Tieck, der eben erst angekommene Fremdling, alsbald, ohne es zu wollen, der Mittelpunkt eines neuen geselligen, litterarisch gebildeten Kreises wurde. Schon sein Äußeres war hinreißend: die von Leiden gebückte Gestalt mit dem herrlichen, jugendschönen Kopfe, die seinen Züge, das große, tiefe, seelenvolle Auge, dazu die Freundlichkeit und Milde seines Wesens, seine fesselnde Unterhaltung. Der Zauber dieser Persönlichkeit zog selbst Widerwillige in ihren Kreis, zu dem unter andern der liebenswürdige junge Ernst Otto von der Malsburg, der Calderonübersetzer, der romantisch wunderliche Graf Heinrich Loeben, der milde, treuherzige Karl Förster, der Petrarca- und Tasso-Übersetzer, der feingebildete Graf Kalkreuth, der herrliche Karl Maria von Weber und Tiecks alter Schulfreund, der Romantiker Wilhelm von Schütz gehörten, und dem sich auswärtige

Freunde, wenn sie in Dresden weilten, gern anschlossen, wie Jean Paul, der berühmte Philolog Ottfried Müller, der treffliche Historiker Johann Wilhelm Löbell, der Dichter Wilhelm Müller und viele andre. Einen Hauptreiz erhielten diese geselligen Vereinigungen durch Tiecks bald weltberühmte *dramatische Vorlesungen*; zahlreiche Fremde kamen nur deshalb nach Dresden, um dieselben zu hören, und sahen sich stets mit einer wahrhaft großartigen Gastfreundschaft zugelassen. Schon früh hatte Tieck sein natürliches, mimisch dramatisches Talent, von einem überaus biegsamen und klangreichen Organ unterstützt, bewundernswürdig ausgebildet, und diesen äußern Mitteln entsprach eine unvergleichliche Gabe dichterischer Nachempfindung, welche stets ebensowohl dem Geist des ganzen Kunstwerkes wie den feinsten Einzelheiten völlig gerecht wurde. Die verschiedensten, glaubwürdigsten Zeugen stimmen darin überein, daß Tieck der größte Schauspieler seiner Zeit geworden wäre, wenn er sich der Bühnenlaufbahn gewidmet hätte. Wir nennen als klassische Zeugen nur Karoline Schlegel, Steffens, Brentano, Eckermann, Genast, P. A. Wolf, Carus, Immermann, Karoline Bauer, Hermann von Friesen, Karl Förster, Eduard Devrient und Holtei. Tieck ist durch die Tiefe der poetischen Auffassung und durch die edle, von falschem Pathos wie von Trivialität gleich weit entfernte Natürlichkeit seines Vortrags das unerreichte Vorbild aller Recitatoren geworden. Was er durch seine Vorlesungen für das Verständnis Shakespeares und die Anerkennung Kleists gewirkt hat, ist nicht hoch genug anzuschlagen und darf auch von der Literaturgeschichte nicht ungewürdigt bleiben.

Tiecks »wunderbare Lesekunst«, die im Tragischen wie im Komischen gleich unwiderstehlich war, sein bewährter Scharfsinn und sein unbestechliches Urteil als Kritiker waren es, die den Intendanten der Hofbühne von Könneritz den Gedanken nahe legten, er könne dem Schauspiel nicht besser nützen, als indem er sich, wie Prölß in seiner »Geschichte des Dresdener Hoftheaters« sagt, »des Rates eines Mannes bediente, der nicht nur eines ausgebreiteten Rufes als geistvoller Schriftsteller und Dichter und ausgezeichneter Kenner der Litteratur, sondern auch insbesondere als einsichtiger Kenner der Bühne und durch seine nie wieder erreichte Vorlesekunst in gewissem Umfang selbst als dramatischer Darsteller genoß«. Lediglich die Autorität des Intendanten bewog Hell, unsern

Dichter um regelmäßige Theaterkritiken für die »Abendzeitung« zu bitten, die denn auch wirklich geschrieben wurden und den Kern der später veröffentlichten, unten nochmals zu erwähnenden »Dramaturgischen Blätter« bilden. Der Nachfolger von Könneritz, Adolf von Lüttichau, bewirkte, daß trotz des Widerspruchs der »betriebsamen Mittelmäßigkeit gegen den Adel und die Vornehmheit einer hohen Natur« Tieck vom König als »Dramaturg« des Hoftheaters, zugleich mit dem Titel eines Hofrates und einem Gehalt von 600 Thalern, am 1. Januar 1825 förmlich angestellt wurde. Tieck hat in dieser schwierigen Stellung Großes geleistet. »Beratung und Aushülfe bei den litterarischen Geschäften der königlichen Generaldirektion« und »Ausbildung der jüngeren und ungeübteren Schauspieler« lagen ihm nach der offiziellen Instruktion vorzüglich ob, und er übte diese Doppelpflicht mit der größten Gewissenhaftigkeit und dem schönsten Erfolg, den nur die niedrigen Umtriebe der Neider und Widersacher aus den Böttiger-Hellschen Kreisen hier und da zu schmälern versuchten. Der Einfluß eines edlen hochstehenden Geistes ist es gewesen, der das Dresdener Schauspiel, und mittelbar die deutsche Bühne überhaupt, nach tiefem Verfall zu hohe: Blüte in künstlerischem Ernst, edler, natürlicher Sprechweise und reichhaltigem, gediegenem Repertoire emportrug; ja, das Theater hat nach den Zeugnissen zweier unverdächtigen und spruchfähigen Zeugen, Karoline Bauer und Friedrich Porth, nie eine glänzendere Zeit, eine herrlichere Kunstepoche gehabt als unter der Herrschaft des »alten Dramaturgen«. Und daß sein erfolgreicher, selbstloser Eifer niemals erkaltete, ist ihm um so höher anzurechnen, je öfter ihn darin die Händel und Schikanen, die jene Partei kleiner Geister gegen ihn ins Werk setzte, der Mangel an Autorität in seiner Stellung und die Eitelkeit der Komödianten störten.

Wichtiger noch als diese reiche und fruchtbare, künstlerisch-gesellige und dramaturgische Thätigkeit Tiecks ist für die Nachwelt, sein kritisches und poetisches Schaffen, das sich in dieser Zeit nicht minder ausgiebig und ersprießlich gestaltete. Tieck nimmt als *Kritiker* durch seinen stets auf das Höchste gerichteten Sinn, durch die unbefangene Klarheit und Ruhe des Urteils wie durch die edle, geschmackvolle Darstellung einen sehr hohen Rang ein. Viele seiner hierher gehörenden Aufsätze sind nach der Ansicht Julian Schmidts noch heute eine Quelle heilsamer Erkenntnis und denkwürdige

Belege für die allmähliche Wendung in dem Urteil guter Köpfe. »Sie sind fast ohne Ausnahme sehr fein und sauber ausgeführt; sie geben Gesichtspunkte an die Hand, die nicht dem ersten besten aufstoßen, und sie sind vor allem ehrlich gemeint. Mit großem Erfolg bekämpft Tieck die Überschreitungen der Romantik nach allen Seiten hin; gegen die moderne Geniesucht und das süßliche Christentum nimmt er sich selbst der von ihm früher so sehr verspotteten Aufklärung an, und wenn uns zuweilen auch noch die alten romantischen Stichwörter, die er der Konsequenz wegen beibehält, täuschen können, so ist doch der Sinn seiner Kritik durchaus modern.« Von seinen Theaterrezensionen sind besonders hervorzuheben der Aufsatz über »Wallenstein« (1823), »ein kritisches Meisterstück, nach allen Seiten hin gerecht und eindringend«, in dem er Schiller »besser gewürdigt hat, als viele seiner leidenschaftlichen Verehrer«, die vernichtende Beurteilung von Houwalds kläglicher Schicksalstragödie »Der Leuchtturm« (aus demselben Jahre) und die geistvolle, ideenreiche und reizend ausgeführte Abhandlung über Ohlenschlägers »Correggio«(1827). Befremdend durch Originalität der Auffassung wirkten beim Erscheinen einige der über Shakespearesche Dramen oder Charaktere handelnden Aufsätze, wegen deren Tieck manche heftige Angriffe erlebte, während die neueste Kritik ihm fast in allen Punkten recht gegeben hat. Diesen Kritiken verwandt, aber weit umfassender ist die meisterhafte Abhandlung: »Das deutsche Drama« (1827), in der er die Entwickelung der ganzen dramatischen Dichtung in Deutschland darlegte. Dazu kommt eine stattliche Reihe von Aufsätzen, die als Vorreden zu eignen oder von andern besorgten Ausgaben bedeutender Autoren geschrieben sind. Das größte Verdienst als Herausgeber und Vorredner hat sich Tieck unstreitig um den unglücklichen Heinrich von Kleist, den er 1808 in Dresden persönlich kennen gelernt hatte, erworben. Mit edlem Eifer rettete er den Nachlaß des großen Dichters vom Untergang; daß wir den »Prinzen von Homburg« noch besitzen, verdanken wir hauptsächlich Tieck, der dieses Juwel aus den Handschriften des Dichters nebst der »Hermannsschlacht« und den Bruchstücken des »Robert Guiscard« 1821 herausgab; fünf Jahre später ließ er eine Gesamtausgabe von Kleists Schriften folgen, die er mit einer vortrefflichen Vorrede, der ersten »gediegenen, würdigen und gerechten Kritik desselben« begleitete. Ein Meisterstück ist ferner die Einleitung zu den von ihm 1828 herausgegebenen Schriften von

Reinhold Lenz, die sich zu einer großartigen Darstellung der Epoche, in welcher Goethe zuerst auftrat, erweiterte. Unermüdliche Begeisterung für Shakespeare, schöpferische Kritik und bewundernswerte Kenntnis der englischen Schaubühnen bewähren die Vorreden zu »Shakespeares Vorschule« (1823 und 1828), und kaum minder anziehend und lehrreich sind die Abhandlungen, 1828 zu einer Erneuerung der »Insel Felsenburg«, 1827 zu Dorotheas Übersetzung des »Marcos Obregon« von dem Spanier Vicente Espinal, 1831 zu Bülows Ausgabe der Dramen Schröders und die über Tiecks eigne dichterische Entwickelung die wertvollsten Aufschlüsse gebenden »Vorberichte« zu Band 1, 6 und 11 seiner »Schriften« (1828 f.).

Das sorgenfreie Leben, das ihm seine Stellung als Dramaturg und die hochherzige Freundschaft der Gräfin Finckenstein ermöglichten, weckte endlich auch Tiecks poetische Schaffenslust wieder. In die Dresdener Zeit fallen seine *Novellen* und *Romane*, durch die er erst dem großen Publikum, das ihn mehr bewunderte als kannte, vertraut wurde. Auffallen kann es, daß sich Tieck gerade zu einer Zeit, wo er sich als Forscher, Kritiker, Vorleser und Dramaturg mehr als je dem Theater zuwandte, als Dichter ganz auf das Gebiet der epischen Prosa beschränkte. Vielleicht hat gerade die gründliche theoretische und praktische Beschäftigung mit der Bühne ihn zu der Überzeugung gebracht, daß (er hat zur Aufführung eines seiner eignen Stücke niemals angeregt) nicht im dramatischen Fache die eigentliche Stärke seines Talentes lag; vor allem aber war es ihm, dem scharfen Denker und Beobachter, der stets bestrebt war, sich über das Gewirr der Parteien zu erheben und ein klares, unbefangenes Urteil über alle Verhältnisse der Zeit, der Gesellschaft, der künstlerischen und wissenschaftlichen Welt zu bekommen, ein innerliches Bedürfnis, diese gewonnenen Überzeugungen, wenn er selbst sie für reif halten durfte, öffentlich auszusprechen, und zwar, seiner Individualität nach, in poetischem Gewande. Als die ihm angemessenste Form erkannte er die Novelle, die seinem dichterischen Schaffensdrang, dem auch in seinen Abhandlungen unverleugbaren Behagen an Erfindung und künstlerischen Darstellungen ebenso Genüge bot wie seiner Neigung, sich kritisch mit allem, was ihn interessierte, auseinander zu setzen. Er war über die Einseitigkeiten der Romantik längst hinausgekommen und teilte die Verkehrtheiten und Verirrungen nicht, durch welche die ursprünglich ganz berechtigte Opposition gegen den kühlen Klassizismus wie gegen die nüchterne Aufklärungssucht in Verruf geraten war. Tief verdrießen mußte es ihn deshalb, wenn er sich von gegnerischer wie freundschaftlicher Seite immer wieder für allerlei Ideen verantwortlich gemacht sah, von denen er sich für immer gelöst, oder die er niemals gehegt hatte. Daher erklärt sich zum Teil der befremdende, blendende Eindruck, den seine ersten Novellen hervorriefen. Es mußte, wie Köpke sagt, überraschen, wenn er gewissen Modeneigungen, die sich gerade auf ihn beriefen und in seinen ältern Dichtungen ihre Quelle zu haben behaupteten, den Krieg erklärte. Noch mehr aber mußte man erstaunen, den Dichter, den man noch immer als das Haupt der romantischen Schule ansah, nicht nur in seinen kritischen Meinungen, sondern auch in seiner dichterischen Praxis scheinbar völlig umgewandelt zu finden. Freilich, wer Tiecks Entwickelungsgang genauer kannte, mußte wissen, daß schon in manchen seiner »Straußfederngeschichten« jene realistische Begabung, wenn auch noch roh und stillos, zu Tage getreten war, die man nun an seinen besten Novellen in seiner Durchbildung zu bewundern hatte. Diese Novellen waren überhaupt eigentlich eine neue Erscheinung in der Litteratur; höchstens einiges in Goethes »Unterhaltungen deutscher Ausgewanderten« konnte damit verglichen werden; die Kühnheit und das Glück, womit Tieck Probleme des modernen gesellschaftlichen, litterarischen, künstlerischen, religiösen Lebens aufgriff und behandelte, waren ohne Vorgänger. Er ist der Vater der modernen Novelle und einer der größten Meister dieser Dichtungsart. Zuerst zu erwähnen sind seine sozialen Novellen: » Die Gemälde«, in denen er den falschen Kunstenthusiasmus, besonders aber die verlogene Kunstkennerschaft verspottete, » Der Geheimnisvolle«, ein sehr ernst gemeinter, kräftiger Protest gegen die Herrschaft der Lüge im gesellschaftlichen Leben, » Die Reisenden«, die in den verschiedenen »Narren« eine Menge Spielarten von solchen, die sich mit Unrecht verständig dünken, lächerlich machen, die » Verlobung«, gerichtet wider süßliche Frömmelei und Heuchelei, die » Musikalischen Leiden und Freuden«, ein überaus ergötzliches Gemälde aus der an Thorheiten und Wunderlichkeiten reichen Welt der Tonkünstler, » Die Gesellschaft auf dem Lande«, eine ausnahmsweise in das 18. Jahrhundert verlegte Geschichte, in der wiederum gegen die bis zum Selbstbetrug steigende Verlogenheit die Sache der Wahrhaftigkeit durchgefochten wird. In der bedeutenden Novelle » *Die Wundersüchtigen*« stellt der Dichter die Vorliebe für Spuk und Geisterglauben als sittliche Krankheit der Zeit dar, im » *Mondsüchtigen*« nimmt er sich des greisen Goethe gegen die pietätlose litterarische Jugend an, in der » *Ahnenprobe*« weist er die Vorurteile des Adels maßvoll und entschuldigend zurück. Zur persönlichen Satire wird die Tendenz in der nicht realistischen, sondern komisch »phantastischen Märchennovelle » *Die Vogelscheuche*«, einer äußerst witzigen, nur zu weit ausgesponnenen Verhöhnung der wässerigen Dresdener Durchschnittspoeten, ihrer Klatschsucht und Selbstberäucherung. Höher und poetischer ist der Spott in der lieblichen, ebenfalls mit Recht als Märchennovelle bezeichneten Erzählung » *Das alte Buch und die Reise ins Blaue hinein*«, hauptsächlich gegen die sogenannte romantische Schule in Frankreich und gegen Heine gerichtet. Die ganz realistische Novelle » *Eigensinn und Laune*« ist ein furchtbares Gemälde weiblicher Verkommenheit, die als Folge unsittlicher Emanzipationsideen dargestellt wird. In andern Erzählungen erscheint die Satire als Selbstverteidigung gegen ungerechte oder übertriebene Angriffe, die er erdulden mußte. So setzte er sich namentlich gegen die schnöden Verdächtigungen und rohen Beschimpfungen von Seiten der sogenannten Jungdeutschen, deren unpoetischer Radikalismus und hochmütig absprechendes Gebaren ihm verhaßt waren, in dem übrigens unbedeutenden » *Wassermenschen*« zur Wehr, wo ein Radikaler alberne, unreife Ideen zum besten gibt, und im » *Liebeswerben*«, wo er zwei Jungdeutsche als moralisch versumpfte Menschen auftreten läßt und nebenbei gegen Überschätzung der technischen Wissenschaften und seichte Tagesschriftstellerei polemisiert; auch »Eigensinn und Laune« ist im Grunde gegen die verwerfliche Moral der Jungdeutschen gerichtet, hochkomisch ist » *Das Zauberschloß*«, in welchem die Hoffmannschen Spukgeschichten und Müllnerschen Schicksalstragödien, daneben aber auch die empfindsamen Blaustrümpfe mit fast burleskem Humor aufgezogen werden. Seltsam nehmen sich neben dieser Verspottung » *Die Klausenburg*« und » *Der Schutzgeist*« aus, zwei recht gewöhnliche und ganz ernst gemeinte, in der Gegenwart spielende Geistergeschichten, während die ältere Erzählung » *Pietro von Abano oder Petrus Apone*« wohl als ein stimmungsvolles, schauerliches Märchen im Stil der Phantasusgeschichten, nicht aber als Novelle bezeichnet werden darf.

Nur gelegentlich enthalten polemische Anspielungen und satirische Ausfälle die einigermaßen an die »Straußfedern« gemahnende, etwas triviale Erzählung » *Glück gibt Verstand*« und die humorvollen Spitzbubengeschichten » *Der Jahrmarkt*« und » *Wunderlichkeiten*«; ganz oder fast ganz sind davon frei die schöne, tiefempfundene Erzählung » *Der fünfzehnte November*«, in der sich die göttliche Allmacht an einem Blödsinnigen durch die Ahnung eines unabwendbar scheinenden Unglücks und durch die wunderbare Heilung des Kranken kundthut, die reizende Novelle » *Der Gelehrte*«, wo ein edler, aber durch übergroßen Forschungstrieb dem Leben entfremdeter Professor durch eine scheinbar zufällige Fügung vor einer verfehlten Ehe bewahrt und ein glücklicher Gatte und gesunder Mensch wird, die ernste und bedeutende Erzählung » *Der Alte vom Berge*«, in welcher ein grundsätzlicher Menschenfeind, aber thatsächlicher Menschenfreund stirbt, ehe er sein beabsichtigtes Testament machen kann, um sein Vermögen nicht leichtlebigen Verwandten in die Hände fallen zu lassen, und gerade dadurch das Geld in die rechten Hände gelangt, die einfache, volkstümliche Anekdote » *Weihnachtsabend*«, die von köstlichem Humor und der graziösesten Laune erfüllte Geschichte » *Des Lebens Überfluß*«, durch die offenbar gezeigt werden soll, daß sorglose, herzliche Liebe alle Entbehrungen des Lebens zu überwinden vermag, und endlich die letzte Novelle, die barocke, aber höchst drollige » *Waldeinsamkeit*«, in der ein an Weltschmerz und Sehnsucht nach Waldeinsamkeit Leidender dadurch gründlich geheilt wird, daß er sich unversehens mutterseelenallein in einem Jägerhaus im Walde eingesperrt und zu längerm Aufenthalt daselbst gezwungen sieht. Die umfangreichste der sozialen Novellen, die man ebensogut als Roman bezeichnen könnte, ist » *Der junge Tischlermeister*«, der dem ersten Entwurfe nach, wie früher erwähnt worden ist, bis in die Zeit der »Straußfederngeschichten« (1795) zurückreicht und ganz unter dem Zeichen des »Wilhelm Meister« steht. Der Anfang, im Jahre 1811 niedergeschrieben, gehört zum Reizvollsten, was Tieck gedichtet hat; aber zwischen der Konzeption und der Vollendung des Werkes liegt ein Zeitraum von 40 Jahren, und darunter hat die innere folgerichtige Entwickelung gelitten. Es war eine poetisch verklärende Darstellung des tüchtigen deutschen Handwerkerwesens beabsichtigt; allein dafür kann das Buch nicht gelten. Der junge Tischler ist kein Vertreter des schlichten Handwerks, er ist ein gebildeter Mann, der nur zufällig die Tischlerei treibt und für Theaterspielen schwärmt, wofür er denn auch sehr begabt ist. Ein Freund fuhrt ihn unter falschem Namen in die aristokratische Gesellschaft ein, wo Komödie gespielt, viel geistreich ästhetisiert und geküßt wird; nach mancherlei Liebesabenteuern kehrt der Held zu seiner guten und liebenswürdigen Frau und in seine Werkstatt zurück; von einer Sühne seines liederlichen Lebens ist keine Rede. Anmutige Einzelheiten, namentlich in der ersten Hälfte, finden sich in dem Romane genug, der Dichter hat viel aus eignen Jugenderinnerungen und Erlebnissen dazugethan, der Ideengehalt ist bedeutend, aber das Ganze muß als verfehlt bezeichnet werden.

Den sozialen Novellen steht, wenn wir von ganz unbedeutenden Anekdoten, wie » *Übereilung*« und ein paar andern, absehen, eine Gruppe von geschichtlichen gegenüber, die jenen an dichterischem Gehalt nichts nachgibt. Den Begriff der historischen Novelle faßt Tieck im höchsten Sinne. »Das beschränkt Historische«, sagt Minor treffend, »zu allgemein menschlicher Bedeutung zu erheben und auch dem modernen Leser die Vergangenheit und Fremde ans Herz zu legen, das ist das oberste Prinzip Tiecks in den historischen Novellen. Daher läßt er die Beziehung auf die Gegenwart trotz der sorgfältigsten Beobachtung des Kostüms nirgends aus den Augen; seine historischen Novellen behandeln ähnliche Stoffe in ähnlicher Form wie die Zeitnovellen.« Hier sind zunächst die drei Erzählungen, in denen der Dichter seinen geliebten Shakespeare zum Mittelpunkt erkor, zu erwähnen. Die erste, » *Dichterleben*«, später als »erster Teil« bezeichnet, ist bei weitem die vorzüglichste. Das Thema der Dichtung, zu zeigen, wie der einseitige Kultus des Genies in Marlow und der des Gefühls in Green zum Verderben führt, und wie der echte Dichter, hier in Shakespeare verkörpert, allein durch treues Festhalten am Vaterländischen und durch harmonisches Gleichgewicht seiner Geistes- und Seelenkräfte zum Dichter und vollendeten Menschen wird, ist ergreifend und mit höchster Meisterschaft durchgeführt. Unbedeutend erscheint daneben der an sich recht liebliche und heitere »Prolog« zum Dichterleben, » *Das Fest zu Kenelworth*«, in welchem eine Episode aus Shakespeares Jugend die künftige Größe des Mannes bedeutungsvoll ankündigt. Am weitesten zurück aber steht der » *zweite Teil*« des » *Dichterlebens*« (oder » *Der Dichter und sein Freund*«), da der Verfasser hier des großen Problems, das er sich stellt, den Helden im Kampfe mit sich selbst zu zeigen, und wie er sich menschlich selbst überwindet, nicht Herr geworden ist. Eine edle Dichtung ist dagegen » *Der Tod des Dichters*«, in welcher Tieck das tragische Los des Portugiesen Camoens mit tiefer Empfindung, nur leider etwas zu weitschweifig, darstellt.

Unter den historischen Novellen im engern Sinne ist die älteste der großartig angelegte, leider nicht vollendete » *Aufruhr in den Cevennen*«, ein prachtvolles Gemälde der Glaubensschwärmerei der Kamisarden und der fanatischen Verfolgungssucht ihrer Gegner. Über die Grundidee der tiefsinnigen Dichtung ist in unsrer Einleitung ausführlich berichtet. Die zweite, » *Der griechische Kaiser*«, behandelt eine Demetriusgeschichte aus der Zeit der Kreuzzüge; der Betrüger wird schließlich entlarvt. Die dritte, dem »Aufruhr« an Großartigkeit des Entwurfs kaum nachstehend, » *Der Hexensabbath*«, entrollt ein erschütterndes Bild des religiösen Fanatismus, der ein heiteres gesellschaftliches Leben unbarmherzig zerstört, und den der Dichter von seinen ersten unscheinbaren Anfängen bis zur dämonisch verzehrenden Flamme psychologisch zu entwickeln verstanden hat; den Stoff zu der ergreifenden, auf breitem politischen und sozialen Hintergrunde ruhenden Erzählung, die Geschichte des berühmten Hexenprozesses zu Arras, der zur Zeit Philipps des Guten im Jahre 1459 wütete, entnahm Tieck den » *Mémoires de Jaques de Clercq*«, die den schamlosen Justizmord ausführlich berichten.
Die letzte Dichtung dieser Art, die Tieck vollendete, ist die wegen ihres umfassenden Inhalts mit Recht als Roman bezeichnete » *Vittoria Accorombona*«. Wenn es höchste Aufgabe des historischen Romans ist, nicht nur geschichtliche Porträts zu zeichnen und sie in eine spannende Handlung hineinzustellen, sondern vor allem die Ideen, von denen ein Zeitalter vorzugsweise erfüllt und bewegt wird, mit tiefem Blick zu erfassen und ihr Walten in den Charakteren und Schicksalen der Hauptpersonen zu deutlicher, scheinbar unwillkürlicher Anschauung zu bringen, so darf man nicht anstehen, diesem Roman ebenso wie den »Cevennen« und dem »Hexensabbath« eine sehr hohe Stellung in der Litteratur anzuweisen. Der 67jährige Dichter hat mit einer wahrhaft überraschenden Farbenpracht ein düsteres, aber ungemein anschauliches Gemälde eines verrotteten Zeitalters und Volkes, bei dem mittelalterliche Roheit mit frivoler Bildung einen unnatürlichen Bund geschlossen hatte,

geschaffen und in den Mittelpunkt die Gestalt einer herrlichen Frau gestellt, deren reine, große Natur, mitten hineingeworfen in das Chaos heftiger Leidenschaften, zwar an innerm Seelenadel eine Stütze hat, aber, gepackt von den losgelassenen Elementen der Verderbnis, zu Grunde geht. Den dunkeln Hintergrund bildet das zerrüttete Staatsleben Italiens im zweiten Drittel des 16. Jahrhunderts, wo neben feiner, aber meist leichtfertiger Bildung bei der Machtlosigkeit der Päpste unter dem hohen Adel alle Frevel fessellos walteten. Vittoria, dichterisch begabt und von hohen Idealen erfüllt, muß, um das Leben ihres verwilderten Bruders zu retten und sich vor den Nachstellungen des lüsternen Farnese zu sichern, einem Schwächling, den sie verachtet, die Hand reichen. Da lernt sie den Herzog Bracciano, einen nicht fleckenlosen Charakter, aber kraftvollen, gebietenden Mann, kennen, der von Leidenschaft zu ihr erfüllt wird. Um sie zu besitzen, tötet er auf den Verdacht des Ehebruchs hin seine Gemahlin und läßt Vittorias Gatten aus dem Wege räumen. Vittoria, des Mordes verdächtig, entgeht durch ihr hoheitsvolles Auftreten und durch Braccianos Ansehen der Verurteilung, wird aber auf der Engelsburg in Gewahrsam gehalten. Der alte schwache Papst stirbt, und während des Konklaves und der allgemeinen Anarchie holt Braccicmo die Geliebte aus der Engelsburg und vermählt sich mit ihr. Aber vor dem Zorne des neugewählten Papstes, des gewaltigen Sixtus V., der aus einem gelehrten, altersschwachen Kardinal ein kraftvoller Herrscher wird und mit furchtbarer Strenge die eingerissene Zügellosigkeit und Verderbnis ausrottet, entflieht das Paar und verlebt am Gardasee ein kurzes idyllisches Glück. Da wird Bracciano durch Gift getötet, und Vittoria haucht in Padua unter den Dolchen von Meuchelmördern, die ein einst verschmähter Liebhaber, der rachsüchtige Orsini, gegen sie ausgesandt hat, ihr Leben aus. Dies in kurzen Zügen die Handlung eines Romans, der, mit Unrecht vergessen, zu den bedeutendsten unsrer in diesem Fache wahrlich nicht reichen Litteratur gehört.

Überblicken wir endlich die ganze lange Reihe der genannten Prosadichtungen, so werden wir den unerschöpflichen Reichtum an poetischer Erfindung und den höchst bedeutenden Ideengehalt, der in ihnen aufgespeichert ist, bewundern, noch mehr aber die Reinheit und Reife des künstlerischen Schaffens und Erkennens, zu der der frühere Romantiker durchgedrungen ist. Es sind Schöpfungen eines hochgebildeten Geistes, der das Thun der Mitwelt ebenso wie die treibenden Ideen vergangener Zeitepochen mit der vollsten Klarheit und Ruhe des Blickes zu erkennen und mit einem durchaus poetischen Realismus darzustellen vermag. Mögen uns Schwächen und Fehler, wie namentlich eine starke Neigung zu unnötigem, ästhetischem Geplauder, den Genuß zuweilen erschweren, mag manches veraltet erscheinen, so stellt sich die Tiecksche Novellendichtung, als Ganzes betrachtet, doch als ein geistiger Schatz von hoher Bedeutung dar, dessen die Nation nicht vergessen darf; und einige Stücke aus diesem Schatz sind Kleinode von köstlichstem Gehalt und feinstem Schliff.

Wir holen jetzt nach, was über den äußern Lebenslauf unsers Dichters während dieser glänzenden Zeit seines Schaffens zu berichten ist. Der Kreis, den der geistvolle und liebenswürdige Mann um sich versammelte, hatte sich zwar 1822 durch das Hinscheiden Burgsdorffs, welcher ihm nach Dresden gefolgt war, 1824 durch den Tod des freundlichen Malsburg, 1826 durch das Ableben Karl Maria von Webers verengert; anderseits aber traten demselben Männer bei, unter denen mehrere dem Dichter nahe Freunde wurden. Wir gedenken des hochgebildeten Staatsmannes Geheimrat von Rehberg, des Barons von Ungern-Sternberg, Eduard von Bülows, des Kunstkenners Quandt, von Rumohrs, des Dichters von Üchtritz, zu denen sich zeitweise willkommene Besucher, wie Friedrich von Raumer, Steffens, Friedrich Tieck, Gustav Waagen, Loebell, Immermann und viele andre gesellten. Als eine hervorragende Frauengestalt dieses Kreises ist die schöne, geistreiche und dichterisch hochbegabte Adelheid von Reinbold zu nennen, die leider 1839 durch einen jähen Tod hingerafft wurde. Am nächsten aber standen des Dichters Herzen zwei Geister von seltenem Seelenadel: der Graf Wolf Baudissin und Tiecks eigne Tochter Dorothea. Baudissin (1789 1878), der nachmalige Schöpfer des deutschen Molière, hatte sich 1827 in Dresden niedergelassen und war dem Dichter bald durch einen wahrhaft edlen Charakter, große Liebenswürdigkeit, feinen poetischen Sinn und ungewöhnlich tiefe und vielseitige Bildung teuer geworden. Er teilte mit ihm die Vorliebe für Shakespeare und das englische Theater, und Tieck beschloß sogleich, die Kenntnisse und die bereits bewährte hohe Übersetzergabe des Grafen zur Ausführung einer Arbeit zu verwerten, die er auf seine eignen Schultern genommen, aber niemals geleistet hatte: *zur Vollendung von Schlegels Shakespeare-Übersetzung.* Neunzehn Dramen waren noch zu übertragen; Baudissin übernahm reichliche zwei Drittel dieser Zahl und übersetzte, eines Vorgängers wie Schlegel durchaus würdig: »Heinrich VIII.«, »Die Widerspenstige«, »Viel Lärm um Nichts«, »Die Komödie der Irrungen«, »Liebes Leid und Lust«, »Die lustigen Weiber«, »Titus Andronicus«, »Antonius und Kleopatra«, »Maß für Maß«, »Lear«, »Troilus und Cressida«, »Ende gut, alles gut« und »Othello«. Mit schwächerer Kraft, aber voll edlen, oft erfolgreichen Strebens wetteiferte mit Baudissin Tiecks hochherzige Tochter, die fromme und gelehrte, dabei weiblich einfache und bescheidene Dorothea, welche den »Coriolian«, »Cymbeline«, »Timon«, »Die beiden Veroneser«, »Das Wintermärchen« und »Macbeth« übertrug. Die Übersetzungen beider nun passierten in Tiecks Arbeitszimmer eine gemeinsame Revue, sie wurden vorgelesen, mit dem Original verglichen, geprüft, geändert und   was namentlich Dorotheas Arbeit anlangte   auch nicht selten gebessert; schwierige Stellen besprach man gründlich, oft verging ein ganzer Vormittag über der Feststellung weniger Verse. Der Anteil, den Tieck an der auf solche Weise vollendeten sogenannten Schlegel-Tieckschen Shakespeare-Übersetzung hatte, war somit zwar immerhin verdienstvoll, aber doch lange nicht hinreichend, um diese Benennung zu begründen. Allein Baudissin übte gegen den hochverehrten altem Freund eine Uneigennützigkeit, wie sie kaum zum zweitenmal in der Literaturgeschichte vorkommen mag: er verzichtete nicht nur auf das Honorar zu gunsten der Töchter Tiecks, sondern, was unendlich mehr war, er überließ auch die Ehre der Übersetzung Tieck allein. Die Nachwelt aber hat die Pflicht, jedem das zu geben, was ihm gebührt, und auch der Biograph und Herausgeber Tiecks darf nicht verschweigen, daß nicht Tieck, sondern in erster Reihe dem hochherzigen Baudissin der Ruhm gehört, das Werk Schlegels zu Ende geführt und damit der Nation ein kostbares Geschenk dargebracht zu haben; in zweiter Linie darf nach ihm die treffliche Dorothea als würdige Gehilfin genannt werden. Ungeschmälert bleiben selbstverständlich alle sonstigen hohen Verdienste, die sich Tieck als Erklärer, Vorleser, Kritiker und Dramatur um Shakespeare erworben hat.

So viel des Glückes und der Befriedigung die Dresdener Jahre dem Dichter im ganzen auch brachten, manches stellte sich doch allmählich ein, was ihm Stimmung und Lebenslust trübte. Todesfälle, wie der Goethes 1832, der seiner Gattin 1837, der Adelheid Reinbolds 1839 und der Immermanns 1840, vor allem aber das Hinscheiden seiner geliebtesten Tochter Dorothea 1841, dazu die gehässigen Angriffe der Jungdeutschen und niedriger Litteraten, die Dummheit und die Intrigen seiner Widersacher in Dresden, schmerzvolle Anfälle der unseligen Gicht, selbst pekuniäre Sorgen, da das Vermögen der Gräfin Finckenstein erschöpft war   alles das verleidete ihm zuletzt den Aufenthalt in Dresden. Er fühlte, sein Tag neige sich dem Abend zu. Er sollte diesen nicht in der freundlichen Elbstadt verleben. Als er gegen Ende Februar, wenige Tage nach dem Tode Dorotheas, in dumpfem Schmerze brütete, traf ein Brief aus seiner Vaterstadt ein. Es war eine Einladung des im Jahre vorher zur Regierung gekommenen hochsinnigen Königs Friedrich Wilhelm IV., den Sommer in Potsdam zu wohnen. Er bedachte sich nicht lange, dem Rufe zu folgen. In der Nähe des edlen Herrschers schien ihm ein neues Leben erblühen zu wollen. Der König zeichnete den greisen Dichter (er zählte 68 Jahre) in jeder Weise aus, verlieh ihm den Titel eines Geheimen Hofrats, hängte ihm eigenhändig den neugestifteten Orden pour le mérite um und bot ihm ein Jahresgehalt von 3000 Thalern, wenn er nach Berlin übersiedeln wolle. Verpflichtungen wurden ihm keine auferlegt, außer daß er der Hofbühne seinen Rat in künstlerischen Angelegenheiten gewähre und, wenn es seine Gesundheit erlaube, den König zuweilen mit einer seiner berühmten Vorlesungen erfreue. Eine schöne Sommerwohnung im Schlosse Sanssouci bei Potsdam sollte ihm offen stehen. Dankbar nahm Tieck diese Beweise echt königlicher Huld an und dichtete aus vollem Herzen einen Prolog für die am Huldigungs- und Geburtsfeste des Königs (15. Oktober 1841) stattfindende glänzende Vorstellung im Opernhaus«. Nach einem letzten Winter in Dresden und einer Kur in Baden-Baden siedelte er Ende 1842 von Dresden nach Potsdam über. Er war schwerkrank und stand fast allein; seine zweite Tochter, die liebenswürdige Agnes, hatte sich kurz zuvor nach Waldenburg in Schlesien verheiratet; nur die alte treue Freundin, die Gräfin Finckenstein, begleitete ihn. Er verbrachte nun den Abend seines Lebens abwechselnd in Sanssouci und Berlin, zuletzt nur in Berlin. Sein schon eingerichtetes Wohnhaus auf der Friedrichstraße, das jetzt leider einem Neubau gewichen ist, sah den alten Dichter noch in mancher glücklichen, durch geistvolle Unterhaltung mit teilnehmenden Freunden gewürzten Stunde. Manche Ehre und Auszeichnung wurde dem hochberühmten Greise zu teil. Aber auch Stunden des Schmerzes und der Schwermut kamen über ihn. Das große Publikum vergaß den sinnigen Dichter über dem anmaßenden Geschrei der radikalen Poeten, über dem Lärm der Revolution und über den Interessen des Tages. So lebte er, hochgeehrt von seinem Fürsten und einem kleinen Kreise treuer Anhänger, von manchem bedeutenden Fremden aufgesucht, im ganzen doch still und in sich gekehrt. 1847 schied auch die langjährige Freundin seines Hauses, Gräfin Finckenstein, von ihm. Und sechs Jahre später schloß er selbst die müden Augen für immer, nachdem er bis zuletzt geistig frisch und thätig gewesen war, wenn sich auch seit länger als einem Jahrzehnt seine poetische Schaffenskraft erschöpft hatte. Im März 1831 verfiel er in schwere Krankheit; noch einmal zwar siegte das Leben, aber er verließ sein Zimmer seitdem nicht mehr. Endlich, am 28. April des Jahres 1853, einen Monat vor seinem 80. Geburtstage, früh ein Viertel nach 6 Uhr entschlummerte er sanft. »Sein Schmerzenslager war zur stillen Friedensstätte geworden. Das tiefe Auge, die beredte Lippe hatten sich geschlossen, aber auf dem Gesichte ruhte eine sanfte Verklärung. Es waren wieder die wohlbekannten Züge, mild und groß, die reine, hohe Stirn. Es war das edelste Haupt.« Am Morgen des 1. Mai, eines Sonntags, wurde er auf dem Dreifaltigkeitskirchhof, neben Schleiermacher, in der Nähe seines Freundes Steffens, begraben. Viele Teilnehmende folgten dem Zuge, unter ihnen Alexander von Humboldt, der ihm in den letzten Jahren nahegestanden hatte. Der letzte Zeuge einer großen Zeit für die Geschichte deutscher Poesie war geschieden. Reich war sein Leben gewesen an den edelsten Genüssen, die Kunst, Wissenschaft und schöpferische Begabung, die Freundschaft, Geselligkeit und Ruhm gewähren können, aber auch reich an Leiden des Körpers und des Gemütes. Es war eben ein volles Menschenleben gewesen, wie es wenigen beschieden ist.

Tiecks Name aber ist mit unauslöschlichen Lettern auf die Tafeln der deutschen Geistesgeschichte geschrieben. Die Zeugen seiner hinreißenden Vorlesekunst, seiner kindlichen Gutmütigkeit, seiner geistsprühenden Unterhaltung, seiner ganzen vornehmen, durch edelste Bildung des Geistes und Herzens unwiderstehlichen Persönlichkeit werden bald dahin geschwunden sein. Aber sein begeistertes Wirken für die Einbürgerung des Cervantes und namentlich Shakespeares, für die Würdigung der Volksbücher, Kleists und so manch andrer verkannten Dichter und Dichtungen, für die Wiedererweckung der altdeutschen Kunst und Poesie, für die Hebung des deutschen Theaters und die Läuterung des litterarischen Geschmacks   dies vielseitige und unermüdliche Wirken würde allein hinreichen, ihm bei der Nation ein dankbares Gedächtnis zu sichern. Und auch als Dichter hat er Nieveraltendes geschaffen. Seinem zarten Talent war es versagt, und er hat deshalb mit Recht auch nie danach getrachtet, auf breitere Schichten des Volkes unmittelbar zu wirken. Aber der Schöpfer und älteste Meister des deutschen Kunstmärchens und der deutschen Novelle hat auch dann, wenn alle andern Zeugnisse seiner reichen poetischen Begabung und seines edlen, allezeit auf das Höchste gerichteten Geistes nur noch historisches Interesse erregen werden, gerechten Anspruch darauf, bei dem gebildeten Teil seiner Nation unvergessen fortzuleben.

Über tredition

Eigenes Buch veröffentlichen

tredition wurde 2006 in Hamburg gegründet und hat seither mehrere tausend Buchtitel veröffentlicht. Autoren veröffentlichen in wenigen leichten Schritten gedruckte Bücher, e-Books und audio-Books. tredition hat das Ziel, die beste und fairste Veröffentlichungsmöglichkeit für Autoren zu bieten.

tredition wurde mit der Erkenntnis gegründet, dass nur etwa jedes 200. bei Verlagen eingereichte Manuskript veröffentlicht wird. Dabei hat jedes Buch seinen Markt, also seine Leser. tredition sorgt dafür, dass für jedes Buch die Leserschaft auch erreicht wird.

Im einzigartigen Literatur-Netzwerk von tredition bieten zahlreiche Literatur-Partner (das sind Lektoren, Übersetzer, Hörbuchsprecher und Illustratoren) ihre Dienstleistung an, um Manuskripte zu verbessern oder die Vielfalt zu erhöhen. Autoren vereinbaren direkt mit den Literatur-Partnern die Konditionen ihrer Zusammenarbeit und partizipieren gemeinsam am Erfolg des Buches.

Das gesamte Verlagsprogramm von tredition ist bei allen stationären Buchhandlungen und Online-Buchhändlern wie z. B. Amazon erhältlich. e-Books stehen bei den führenden Online-Portalen (z. B. iBookstore von Apple oder Kindle von Amazon) zum Verkauf.

Einfach leicht ein Buch veröffentlichen: **www.tredition.de**

Eigene Buchreihe oder eigenen Verlag gründen

Seit 2009 bietet tredition sein Verlagskonzept auch als sogenanntes "White-Label" an. Das bedeutet, dass andere Unternehmen, Institutionen und Personen risikofrei und unkompliziert selbst zum Herausgeber von Büchern und Buchreihen unter eigener Marke werden können. tredition übernimmt dabei das komplette Herstellungs- und Distributionsrisiko.

Zahlreiche Zeitschriften-, Zeitungs- und Buchverlage, Universitäten, Forschungseinrichtungen u.v.m. nutzen diese Dienstleistung von tredition, um unter eigener Marke ohne Risiko Bücher zu verlegen.

Alle Informationen im Internet: **www.tredition.de/fuer-verlage**

tredition wurde mit mehreren Innovationspreisen ausgezeichnet, u. a. mit dem Webfuture Award und dem Innovationspreis der Buch Digitale.

tredition ist Mitglied im Börsenverein des Deutschen Buchhandels.

Dieses Werk elektronisch lesen

Dieses Werk ist Teil der Gutenberg-DE Edition DVD. Diese enthält das komplette Archiv des Projekt Gutenberg-DE. Die DVD ist im Internet erhältlich auf **http://gutenbergshop.abc.de**

Zeitfracht Medien GmbH
Ferdinand-Jühlke-Straße 7
99095 Erfurt, Deutschland
produktsicherheit@kolibri360.de